民间书信里的中华美德 · 永不消逝的爱 · 张乐天主编

蓝色的爱
BLUE LOVE : SINCERE

张乐天◎编

最近你的思想情况怎样？有什么不可解决的思想问题吗？或得意的事吗？告诉我。至于我们的问题，我基本是搞通了，得出了一个结论：向前看！用你的发展眼光去看世界的事物。你的朋友。

天津出版传媒集团

天津人民出版社

图书在版编目（ＣＩＰ）数据

蓝色的爱 : 真诚 / 张乐天编. —— 天津 : 天津人民出版社, 2017.3
（民间书信里的中华美德 / 张乐天主编. 永不消逝的爱）

ISBN 978-7-201-11562-7

Ⅰ.①蓝… Ⅱ.①张… Ⅲ.①书信集—中国—当代 Ⅳ.①I267.5

中国版本图书馆 CIP 数据核字（2017）第 068699 号

蓝色的爱：真诚
LANSE DE AI ZHENCHENG

出　　版	天津人民出版社	
出 版 人	黄　沛	
地　　址	天津市和平区西康路35号康岳大厦	
邮政编码	300051	
邮购电话	（022）23332469	
网　　址	http://www.tjrmcbs.com	
电子信箱	tjrmcbs@126.com	

策划编辑	王　康
责任编辑	郑　玥
特约编辑	王　玎
装帧设计	明轩文化

印　　刷	天津新华二印刷有限公司
经　　销	新华书店
开　　本	880×1230毫米　1/32
印　　张	8
插　　页	2
字　　数	60千字
版次印次	2017年3月第1版　2017年3月第1次印刷
定　　价	31.00元

出版说明

　　"民间书信里的中华美德"是复旦大学当代中国社会生活资料中心与我社合作出版的一套丛书,"永不消逝的爱"系列作为此套丛书的开篇之作,所有参编的复旦学人和出版社同仁对此都倾注了极大的热情。

　　"永不消逝的爱"系列包含五本,分别为《蓝色的爱:真诚》《粉红色的爱:浪漫》《橙色的爱:细节》《灰色的爱:争吵》《玫瑰色的爱:激情》。这五本书分别由六组民间书信构成(其中《橙色的爱:细节》收录了两组书信),书信往来的主人公均为夫妻,在通信条件极为受限的情况下,他们通过书信沟通生活近况、倾诉爱慕之情、排解相思之苦。

　　这些书信内容是复旦大学当代中国社会生活资料中心张乐天教授收集、整理的,并由该中心工作人员制成电子文本提供给我社。我们在编辑的过程中,根据书稿内容进行了下列处理,先告知广大读者,以便更好地阅读此书。

1.书中的"＊"表示在该篇书信的最后会配有对应的图片。

2.考虑到有些书信语言具有地方特色或时代背景,编辑就此添加了注释,以便于读者理解或延伸阅读。

3.由于很多书信时间不详,我们根据书信内容进行了推理,并按照时间顺序进行排列。当个别信件时间不详也难以推测时,我们用××表示信件的日期。

在此,感谢复旦大学当代中国社会生活资料中心的老师们提供书稿、张乐天教授的全程配合、华东师范大学杨奎松教授的关心与指点。这是在大家的全力配合下,"民间书信里的中华美德·永不消逝的爱"系列才得以最终呈现给广大读者。我们希望通过这种形式,让对那些年代仍有记忆的人们借此抚今追昔,让年轻一代了解长辈们的生活经历,同时也唤起人们对当下美好生活的向往与珍惜。

"爱"是人类永恒的主题,也是本丛书所要体现的主旨,在平凡人的书信中,"爱"同样被展现得淋漓尽致。"民间书信里的中华美德"其他系列也将陆续面世,敬请广大读者继续关注与支持。当然,我们的工作难免有疏漏之处,欢迎读者批评指正,也请不吝赐教。

序

茫茫苍穹，漫漫岁月，在亿万可能与不可能的奇妙交织中，地球上神秘地孕育了最美丽、智慧的生灵人类。人类是宇宙中最幸运的存在。相辅相成，人类却一开始就似乎与苦难同在。战争、杀戮、灾害几乎成为创世记故事的主调，疾病、饥饿、痛苦、烦恼、焦虑一直是生活的常态，法国当代著名社会学家皮埃尔·布尔迪厄看清了人类的生存状态，写下人生最后一部著作——《苦难的世界》。

也许，人类真的犯有原罪，以至于不得不一代代历经磨难去赎那永远赎不清的罪！但亚当夏娃的故事更隐含着人类得以世代繁衍、生生不息的真谛，那就是内生于两性之间、存在于人与人之间的爱。

爱是无奈的，永远不可能摆脱经济、政治、社会、文化的纠缠；爱的表达总是打着时代的烙印。在中国，爱曾经被政治所侵蚀，更被阶级斗争搞得面目全非；后来，汹涌澎湃的消费主义大潮更在人们不经意间吞噬着人们心中最宝贵的情感。因此，今天我们需要做些工作，唤醒人们更多心中的爱；这就是本套小书的使命。

我们提供六套20世纪50至80年代普通中国人的爱情信。这些信受到时代的影响，但凌厉的政治运动、触及灵魂的思想改造都不可能遏制爱的流淌。这些信有着鲜明的个体特征，每个个体都以自己的方式呈现爱的内容。六套书信展现不同视角的爱，色彩斑斓，内涵丰富，给人启迪，发人深省。

这些信会把年长者带回到那些激情燃烧的、充满恐惧的或者无可奈何的场景。或许，这些信会令年长者回想起月光下的相思、油灯下的书写、左右为难的纠结、等信的焦虑、读信的泪花；逝者如斯，青春期的爱将重新滋润年长者的心田，令他们流连、陶醉。

这些信会把年轻人带进那个深奥复杂、神秘莫测的祖辈、父辈们的心灵世界，让年轻人有机会在书信空间中与先辈们进行面对面的交流。或许，年轻人会被先辈们的革命热情与奉献精神所感动，被先辈们各具特色的爱的表达所吸引。岁月茫茫，一旦汲取书信中爱的养料，年轻人前行的脚步将更加稳健。

朋友，打开那些书信吧。慢慢地阅读，细细地品味。有所思，有所悟，必有所得。让书信中隐藏着的爱意流进你的心、我的心、他的心、众人的心，世世代代，永不消逝！

本册书信呈现了20世纪50年代初至60年代两位上海年轻人恋爱、婚姻的心路历程。阅读这组书信，一种矛盾的现象令人迷惑：一方面，这对年轻的情侣相互爱慕、关系融洽；另一方面，书信中极少有爱的表达，仅仅在恋爱三年以后，女青年的信中才写到"真诚的爱""永远爱"，此后，诸如此类的话语似乎又消失了。

爱是神秘的，它激发起多少人心中的波澜，令多少人诗兴大发、词意盎然。曾经，无数人留下无数动人的词藻、华丽的文章，无数人在天与地之间宣誓"海枯石烂不变心"。但是情感本身的流动性、可变性却不断地给"海誓山盟"的可持续性打了个大大的问号！爱的真谛隐藏在许多恋爱通信的字里行间，值得去探究、去发现。

以此观之，本组书信少了爱的表达，却更有爱的深意，真可谓此处无爱胜有爱！我们可以从这组书信简洁朴素的文字中看到敞开的心扉、直白的对话、真心的批评、善意的宽容、反讽中的关怀与爱慕、情情切切的惦记与思念，其中包含的爱洁净透剔而又浩瀚博大，犹如蓝色的海洋。这是蓝色的爱，其关键词是"真诚"。

张乐天

2016年10月10日

目 录

001 ◀ 1951 年

044 ◀ 1952 年

062 ◀ 1953 年

100 ◀ 1954 年

143 ◀ 1955—1957 年

156 ◀ 1958 年

200 ◀ 1959 年

227 ◀ 1960—1964 年

246 ◀ 后记

1951年

1月30日
5月2日
5月4日
6月13日
6月16日
6月19日
6月25日
7月23日
10月15日
10月21日
11月23日
12月13日
12月23日

1952年

1953年

1954年

1955—1957年

1958年

1959年

1960—1964年

1951年1月30日

娟:

学期总结搞好了没有？最近是不是在学习土改？情况怎样？寒假中可以休息吗？搬回家吗？我们学校已于廿九日正式结束，今天已经无事一身轻了。我因为最近身体时常感到疲倦，几天来的工作把我搞得很吃力，而且又感冒，因之从今天起在家"纳福"。

上次我去看了《保尔·柯察金》①，回来以后懊丧得很，可惜我文笔枯涩，写得出的话，我真想写一篇影评去骂它一顿呢！

你去看了没有——大概没有吧！

前天我接到大伟——这个死阿胖——的信，是

---

① 《保尔·柯察金》*，又名《钢铁是怎样炼成的》，是1942年苏联根据同名小说拍摄的电影。

写到馆里的，把我气得要死，你想想看，他竟称呼我是小孙子呢！（哭）

　　旧历新年快到了，今天已廿三了，你得准备向我拜年，叩头了。

　　家中客人来了，是堂弟，事实上不可能写了，下次补写。

　　敬礼！

　　　　　　　　　　　　　　　　　萍

　　　　　　　　　　　　1951年1月30日下午

苏联基辅电影制片厂出品

长春电影制片厂配音复制

——彩色故事片——

保尔·柯察金

"钢铁是怎样炼成的"改编

编剧·········伊萨耶夫　　总导演·········阿洛夫

翻译·········傅佩珩　　配音导演·········崔隐

内 容 简 单 介 绍

"保尔·柯察金"是根据尼·奥斯特洛夫斯基所著小说"钢铁是怎样炼成的"改编摄制的。原小说中的许多重要情节和主要人物，在影片中都得到重视，如保尔与冬妮亚的爱情，与朱赫来的战斗友谊，与丽达的爱情和友谊，以及那筑路的艰苦劳动的场景，与白匪作战的紧张壮烈的画面，等等。影片反映了那狂风暴雨的时代，塑造了保尔·柯察金这个为人类的解放事业献出全部精力的崇高形象。

*《保尔·柯察金》海报

1951年5月2日

娟：

昨天我打电话给你，你学校里说你没在，结果我打到你家里去，电话没接通，所以晚了。昨天你大概很累吧！对昨天的游行你有什么思想情况，向我汇报！（开玩笑）

那天在育才①听传达报告时，我遇到刘广兴了，我相信你一定亦在听讲，结果因为要收集团内的学习资料，所以听到一半开小差与张玉瑶及另外一位同志一起到报社去了，所以没碰到你。

馆内有几个同仁他们见到你了是不是？你的大名因为我的关系，竟连我们馆中教导部同志都对你

————————————
①　上海一所著名的中学，全名育才中学。

很熟悉了,可喜可贺!

我们馆内准备在五月五日、六日二天在馆内搞一个轰轰烈烈的游园会,晚上还放映电影,假如你有空的话,你可以来玩。(大雨停止)

昨天的五一游行我负责同学队伍,在整个蓬莱区①八万人的队伍中,我们的队伍是最后一支,所以从上午九时起至下午四时半,十足地在体育场等了七个半钟头。同学的思想混乱之至,结果没办法就教同学跳匈牙利舞。由于大家都学起匈牙利舞来了,所以才"拖"住了同学的情绪。等到我们去体育场时,三百个人中,几乎每一个都学会了跳这个舞,情绪高得不得了,连我这个从不会跳舞的笨家伙也跳得蛮好。你认为这个舞的好不好,就能可想而知了。(舞蹈的歌谱是:56 56 565 | 51 76 53 | 55 34 553 | 55 34 533 | 1432 1432 15 | 1432 1432 15: ||。歌谱中的记号如一拍半

---

① 蓬莱区曾为上海市一个市辖区,现已撤销,位于黄浦区。

拍等画得对不对,不敢肯定。)假如你要学的话我可以教你。不过听说在青年报上也曾经登载过的。(昨天我们的队伍做到了100%的不开小差、不买零食。)你是文娱先生,可以将这舞教给同学。

在这次的镇压反革命大高潮中你们学习得怎样,最近关于镇压反革命这问题,同学中思想很乱,我们团内准备在五四搞一个庆祝五四青年团成立两年纪念与镇压反革命的大会,已请好了教育局的张科长来作报告,你们的团内有没有活动。

张玉瑶的情绪闹过了,在工作上又恢复了他的积极性,我感到很高兴。

这封信是在工作间抽暇写的,时写时断,所以字特别草。

祝你快幸福!

萍

1951年5月2日

1951年5月4日

萍：

伟大的五一国际劳动节是过去了，这次我们区工校教师全部担任鼓动宣传，所以没有参加游行，但是我们都检阅了五万多人的游行队伍，工人阶级是显示了他们伟大的力量。尤其当同学们见到了我们先生给他们鼓动时，他们的步伐就走得更加整齐，歌唱得更响亮，口号呼得更有劲——这样我们从上午七时半直到下午五时才结束，在这期间却也够累了，那天晚上七时半我才回家。

这学期从开学到现在，可以说一直都在忙着。上星期除了筹备五一节外，还举行了镇压反革命问题的时事测验（教师），因此阅文件做题目，再加上作开学来的补课总结和出缺席的统计等，真的把我忙坏

了。可不知道你们那儿忙不忙？喔，我来问你，"不革命就是反革命"这句话是否正确，因为我们在测验时，有的说对，有的说不对，辩得没一结论。

这次政府大张旗鼓镇压反革命，真是大快人心。我们学校里也得了一件喜事，平素积极的领导主任赵，在十六日晚竟给逮捕了，而且他也是一个青年团员，真使我们呆住了。我们是太麻痹了，政府是不会抓错一个坏人的，因此我们才肯定了下来，以后得提高警惕呢。

噢，你学会的那支集体舞，我老早就会的，真是麻烦了你。

本来教育局接收了一幢洋房，给我们区工校教师住的，可是我们学校的女先生因为本来有住的，只得放弃权利，你想欺人吗？否则那是件很好的，刘广兴他们已搬进去了。

我们得开始学习了，再见吧！祝你愉快进步！

1951年

（附：我们团内正集中力量在搞镇压反革命活动，准备档案材料来一次控诉。）

娟

5月4日晨8时

1951年6月13日

又萍：

　　本星期一起到星期六，是我们的整训时期，除了工作总结外，还得进行个人的思想小结，所以仍旧是忙，忙着开动脑筋。我深信，通过这次整训会使我提高一步。

　　这几天晚上我在打入党的补充报告，主要是通过民改①后对入党的新的认识和对缺点的认识，你的问题现在怎么样了？

　　从上星期开始，我身体一直不好，天天头痛，精神不佳，我想过了这一星期去看一下医生，否则真有些吃不消了。

———————

①　民改，指20世纪50年代初的"城市民主改革"。

星期六晚上整个区民改工作队都在开晚会,从六时半到十一时,你来吗?星期日放假,我们可会会面,交谈些别后情况了。

有意见可打电话给我,要开会了,再见。

此致

敬礼!

袁娟

6月13日

字写得太潦草,请原谅我,没时间,这封信只花了十分钟。

1951年6月16日

萍:

大概你这几天很忙吧!真是了不起,但我很忠诚地希望你努力地干一下,把你的才能都发挥出来,在积极的工作中争取你真正的荣誉!

"教师创模"好像是没同学们争取"学习模范"那么有劲,这正说明了一个小资产阶级出身的知识分子的特征了。我就是这么一个典型。有事好像很不在乎,争取不争取还不是一样工作吗?只要我能尽心工作。同时又有些爱面子,假若表示了要争取做教模,结果若争取不到的话,那是不是太可笑了?我开始的确是这么想的。但虽然听了动员报告,对于我的启发还是不够,好像无动于衷似的。我深觉这种思想是不对的,但我总是斗争不过来,你呢?有没有再好好争取。我鼓动①你,恭祝你握到毛主席的手,那我就会更热烈地来握你的"光荣之手"了。

萍,我知道你是一个富有热情的爱国青年,那么在这次轰轰烈烈的爱国运动中提了计划没有?告诉我……我们单位内还没动起来,现在正在展开学习,我相信,我也不甘落后的,只因为我的能力……

在我空的时候,我常想到你批评我的三大缺点,我常想鼓起勇气来把它多删掉些,但很不自觉地却又犯了,尤其是"深厚的小资产阶级情调"(仝沛芳也这样批评过我)的缺点,我有时很恨,很不满,但有时也很自满,时时宽恕着自己,真是所谓对人"马列主义"对己"自由主义",唉!改造小资产阶级真是一个艰苦的斗争过程,我真的体味到了。

这学期又要很快地过去了,暑假中有什么计划吗?

今天,他们都出去了,我一个人在办公室内静静

---

① 袁娟这里用的"鼓动"一词,应为"鼓励"。在随后那封何又萍的回信中,又萍纠正了袁娟的笔误。这也是又萍总批评袁娟写错字的证据之一。

地想着写着……听着音乐,另有一种心情,音乐真能打动人,使你去除了烦恼,有人说会欣赏音乐的,也就懂得了人生,这虽然不够全面,但我倒觉得很有意思。

话是很多,但是不能尽情都写下,再见吧!

祝好!

娟

6月16日午后

1951年6月19日

娟：

　　非常热烈地读完了你的来信，谢谢你的鼓励和鼓"动"，我正在努力争取着。

　　不够；模范的条件离我远远着呢？毛主席的手我是想握的，不过再过五十年那才差不多了。

　　你说想争取，但是怕表示了态度后争取不到，难为情，同志！这是什么思想？又是你的小资产阶级思想在作怪。你不是说要克服你的三大缺点吗？那么你先从打破难为情着手吧！这种无原则的难为情会影响你的进步的。希望你不要再无动于衷了，努力争取吧！你是有条件的。

　　你说你自己"对人马列主义，对己自由主义"。一语中的，正好说在我的心里，我也正是这样。譬如，叫

我批评批评别人非常来得，可是碰到自己本身就"原谅"自己了。你说你"有时很自满，有时很恨"，完全和我一样。咱们两个人可以算是"同病相怜"了。不过我总感觉到你要比我好得多了。（不是捧你。）

最近我又发现了自己的几个缺点，希望你能帮助我。

不知什么事情，连我自己也搞不清楚，最近我对工作上显得非常粗枝大叶，处理事情马虎，时常要忘记，对一件工作常常考虑不周到。例如说：有时在校内搞一件工作常常会只凭个人一股子热情，说搞就搞，结果当然不会好。像这次街道义务劳动，虽然一下子就搞到了一千三百万，但是搞出了偏差，在马路上形成了硬拖硬拉，一共卖了两天多，又没与抗美援朝分会联系，也不向教育局请示，最后弄得吃力不讨好（详细事情以后告诉你），最后吃批评为止（这批评当然不是很严厉的），这是一个。

第二个缺点：我发现我有时很急躁，表现在外表尚可,表现在内心就急躁极了,什么事都希望能立刻解决,急于一时,说明了我的政治修养不够。

第三,什么事都拖延,一拖就是几天,就算给你写信吧!星期天接到你的来信,本来当天就想写的,但结果拖到今天——星期二……

也许你会笑我,怎么一会儿又急躁,一会儿又拖延了呢?事实上就是如此,表现在某些地方很急,但急过就算了。

希望你能帮助我,你肯吗?

计划订是订了,但这计划算不了什么,丑媳归见不得公婆,暂时不告诉你。

在捐献中我认了肆拾万,不敢和你比。

上星期日下午本来想找你玩的,结果因为开会又夺去了我的时间。已经两个星期末玩了,前星期搽皮鞋,上星期日一天开了三个会。这星期未可预卜。

在逸园我见到古敬梅他们,听他们说你胖了,到底是否胖了我看不出,不过我不知道你的胃病怎样?

好了没有？小孩子不要不注意自己身体,这是革命的本钱啊!

最近我因为少眠,所以精神不顶好,你好么?

这几个星期我除原有工作外又兼任了中二下级主任,糟透了。

这个星期六假如有空的话我来找你玩去。你下午有空吗?

祝愉快!

萍

6月19日

1951 年 6 月 25 日

又萍:

当我写这封信时办公室里一个人也没有，因此显得非常寂静，精神是相当疲乏了，周围的"小飞机"开得实在太厉害了⋯⋯

我想向你汇报下思想情况吧？（非常简略地）由于本星期同学大半参加政治学习班，约占全班的52%，而我的班是全校第一，因此同学来上课的少得实在可怜，即使是天天跑厂、下去动员，但成效不大，加以早上还得在五时半起身，六时给同学补课，教师又得要展开"划清思想界线"的学习，此外又是什么团总支会呀！简直从五时半忙到十一时，精神上的确是感到疲乏，因此在我思想上就感到有一种苦恼，就是整日忙忙碌碌，而实际的提高不大。所谓工作中艰

苦性，依发展来看我是进步得多了；另一方面，我正为着划清思想界线而在动脑筋。人家批评我（连你在内）小资产阶级情调浓厚，是的，我得好好地，把旧货榷出，加以检查和批判，使改造得彻底些，但是我却希望你能给我提出具体的意见，你同意吗？注意，这是帮助同志进步！

今天一早上我整理了一下抽屉，理出很多信，约略地又看了一下，觉得很"有意思"，尤其是其中有你曾写给我的一封信，什么在我面前表示自卑呀……我看了简直会发笑，你还记得吗？还有复旦姓徐的信，本来我想毁了它，但后来想人家辛辛苦苦的，何必这样呢？况且你还未赏光过，故未毁，有机会得给你看一下，学会怎样写情书呢（笑）。

萍，你最近忙吗？人瘦了还是胖了？

今天早上我和邱平沪等去看了《少年游击队》①，真是一部爱国主义教育内容的电影，太感动了，我甚至流了二次泪，希望你也去看一下，有机会的话，星期日我陪你再去看一遍。

　　纸没了，好像手在发软，该睡了，恕我潦草。

袁娟

6月25日晚

---

①　《少年游击队》主演郑奎镇、金炳炼、张得熙、文义峰等，朝鲜电影制片厂1951年出品，曾获第六届国际电影节"为自由而斗争"奖。

1951年7月23日

萍：

　　一直在紧张的工作中生活着，不觉我们已有两星期不见了。我们区工校自从上次在逸园参加了时事宣传大会后，就在工会的号召下，负起了重点宣传的责任，因此在十八、十九两日就集体准备。我们共分成了两队，我被分配到里弄队，每队的人数也只有十几个。开始的时候，我们都没信心，而且因为搞总结等把我们已累得很了，因此很感烦恼。但最后通过了动员才勉强地接受了这一光荣的任务。从此紧张地、不分昼夜地工作着，我们在明确的分工下，搞了很多的配合中心内容(和谈①、三项号召②)的文娱节目。由于过去的经验，我的声音被称为较清爽、容易吸引群众的，因此我担任了很多，如对口唱(一男一女)、讲故事、对白等，此外还有大合唱和舞蹈。虽然我身体不好，在工作期间也有发烧、头痛等现象，但我都把它忍受过去了。这真是给我一个考验，但是很矛盾的是我会暗暗地烦恼。算了吧，不谈这。噢，我们在集体练习时教师间的感情更融洽了，记得在宣传的那天晚上(廿日)，我们都拖着沉重的脚步到里弄里去开会，居民们的那种热情，充分地表示了他们的政治觉悟是有了提高。我们开会的方式是先集中后分散，就是第一天是集合开大会，有大报告及各项文娱节目，第二天才分组漫谈。我们虽然辛苦，但精神是愉快的，因为一般的反应都非常好，尤其是小教部

---

① 中央人民政府与西藏地方政府和谈代表团在京达成和平解放西藏的协议。

② 1951年6月1日，中国抗美援朝总会发出了《关于推行爱国公约，捐献飞机大炮和优待烈军属的号召》。

门更赞美不尽,全部都被他们抄袭去了……最后,凭我有这样一点体会,工校教师越来越油滑了,真可说是小滑头了。

你大概也相当忙吧?总结完成了没有?有什么体会吗(工作中)? 团内可有什么活动?

这个星期天,我很不幸地负着病回家,因此整整地休息了一天,总算有些好了。

暑期内的工作真是忙透了,除了要补课(一、三、五)外,还组织了一干部训练班(二、四、六),因此纵然是日间有空,那么晚上也都派了用场。同时我们区里,总支内预备在暑期内多加强些团的教育和活动,又组织了一团员训练班(学生团员),我也是一校的负责人。现在虽未开始工作,但从八月一日开始恐怕是很忙的了。我深怕我身体吃不消……在我自己的检讨中,首先我自己的缺点太多了。上个学期,甚至在市立师范是这样,到今天却还是老一套,好像没甚大改变。人家都说:你年轻,一定是进步很快的。是的，我不否认我不进步，但我总这么想，照理我应该和蕊儿一样，为什么我不如她们呢？这期间是有一定的东西妨碍着我的。我深感我们相互之间的帮助是不够的，而且思想上的接触也不够，虽然是有一定的条件限制，不可能多碰头，你说：是吗？以后又该怎样呢？

　　十点钟后又得到校开会，不多写了，再见吧！

　　祝夏安！

袁娟

7月23日晨

1951年10月15日

萍：

　　这一课我是空课，而且在办公室内只有我一个人,这种宁静的现象是很少有的,因此我就想到写封信给你。

　　刚才接到了你的电话，知道了你为我买了一张《幸福的生活》①的电影票,但是不巧得很,我们团内已发动集体去看,只可惜只有30张(本校),本来我也想给你买一张的,不及打电话给你,你却先来了。

　　星期三是我二十岁的生日,那天恰巧我们校内教师可以自由活动(下午),因此,我就回家去了一趟。当我在回家的途中我就想起了过去的一切,父

---

　　① 《幸福的生活》*是由伊凡·培利耶夫执导的喜剧片,讲述了以吴雅和毕百灵为代表的库班新苏维埃集体农庄的农民们发生的故事。1949年,苏联莫斯科电影制片厂出品,1950年,由我国中央电影局东北电影制片厂译制上映。

母、家庭、个人、朋友、工作……一个人好像在迷茫中走着，差不多会呆住了。首先我想了一想，我已整整地过了十九年了，在这十九年中虽然是那样平凡地过着，但毕竟一直在祖国的怀抱里工作着、学习着，我到底为祖国做了些什么事？太渺小了，一切都还是在开始呢！你说我"思想单纯、简单"是不错的，因为我没经过什么考验、斗争，而且我过去也怕，但是现在却不同了，我认识到一个资产阶级的改造是需要作尖锐的思想斗争的。

时间是过得那么的快，去年的今天，你不是要我请你吃面的吗？而如今又是一年了，但当我们再一转瞬时，可能又是一年、二年、三年，那时，不知该"变得"怎样了？

最近，我们团内展开了一次批评与自我批评，这次给我一个很大的教育，我开始懂得了什么叫思想斗争？你可能会感到奇怪吗？好，我告诉你吧！一个人自己犯了错误，有了缺点，往往会不够注意的，而

群众却对你非常注意。想不到,我竟犯了群众所谓的
"自大作风",而一度地影响了团群关系和学校工作。
当检讨时(党、团新教师)是比较尖锐,而我自己也作
了深刻的自我批判。我难受极了,我第一次在群众面
前哭了,那么痛苦!但又那么感激!我有什么值得骄
傲的?萍:你会笑我吗?不!哭绝不是示弱。像你所
想象的,这正表示了我对过去的缺点的痛恨,这将多
么妨碍了我的进步。我愿下决心把它改掉,连根拔
掉!我需要朋友、同志、群众来督促我,把我的思想包
袱卸下吧!……不说了,因为要说的太多,还是请你
多给我帮助!怎样?(我告诉你这件事也经过一时的
考虑,你该可想象的。)

你该想象我是怎样地在写这封信吗?同志?我有
一颗火热的心,但是它经不起磨炼,这该又是多么
的……什么?(不知道)我自己在发笑了,怪小孩气!

我们好像很久不通信了,是不是大家都进步了!

星期六我们要到徐汇区去听婚姻法讲座。

好，等着你的来信！

再见，祝身体健康精神愉快！

袁娟

10月15日晚8时半

*《幸福的生活》海报

199 年10月2日

萍:

　　星期一开始我已正式到校工作,而且业务工作及团内工作都很忙,班级内同学出席情况比较差,组织不健全,团内又正在开展有计划的学习,支部内又得计划及领导,所以休息了十天的我,面临着这样紧张的工作,反而感到愉快。

　　虽然我不能与健康人相比,但至今精神已恢复,而且思想上也开朗多了!

　　你一忙人,又是天天开会,计划谈话,忙得很吧!

　　吃饭了!

这一封信只有十分钟即写成，它只能代替一通
电话。

　　握手。

娟

10月2日

1951年11月23日

娟:

　　我正想将写好的信寄给你,接到了你的信,看后很觉得过意不去,问题不在你,而在于我。

　　首先得检查我自己的,是关于你初中的事。事实上我可以坦白地告诉你,我是逗你(这样做当然是不对的),我并没有在许佳面前询问关于你这方面的事,并且请相信我,以后我也决不会跟他谈起的。正因为我了解你,所以才逗你,我相信你会了解我的,正跟我了解你一样。也许是我的话引起了你的倔强,我首先不应该。

　　那天你不高兴,我是奇怪的,也许我确感到突兀。回来想想你的牛脾气就泰然自若了。我没有不开心,也许你看出我的态度了吧,小鬼!

你这照片没有什么不好，我和你的感情并不是建立在外表上的，我感到你很好，的确，我意味到那照片有一种感情，一种老实坦白而似乎是童年的感情……

照片不准备给母亲看，正如你说的"太早"。

你说平时对我不够诚恳，这一点可能是"没理由，也可能是我的平日态度所使然的"，"个性"不是问题的关键，这应该归咎于双方平时，假如让这样发展下去，那是不正常的，得大家来努力扭转它。

假若我们现在就不正常的话，(不去纠正) 将来是很难正常的，也很少可能幸福。不诚恳可以使我们相互间的了解贫乏而不正确，同志间的爱、同志间的感情应该建立在相互谅解，相互帮助上的。我建议以后大家能相互大胆暴露思想、暴露缺点，把我们以前所有的不正确态度改善。

亲爱的同志，愿我们更紧地在一起，愿我们永远了解。

致亲切的歉意！

萍

1951年11月23日

1951年12月13日

娟:

今天早上在实验工校见到你，大伟这家伙简直混蛋，他又煽动了汪慈云和我搞，幸亏小五给我说服了，结果也没有什么，他和你搞了没有？告诉我。

那天美琪大戏院真糟糕，我忘了苏休玲问你的这件事了，结果我碰到苏休玲，我叫他代我找找张玉瑶，后来他替我找到了。因为隔日我参加了一个团工委的联欢会，结果袋中又有花生米、又有糖、又有橘子，所以当苏休玲向我要报酬时，我给他花生米他不要，于是我给了他一粒糖，大伟看到了也要了一粒。不知怎么一来，大伟遇到了武菊红，那天我们在辣斐①

---

① 辣斐大戏院：今长城电影院位于上海复兴中路323号，1933年开幕。

看《生命交响曲》①时，恰巧武菊红也在看，于是他看到了我们。你那天碰到苏休玲，也是武菊红说给他听的。(因为他们的人在一个工校)，你想巧不巧。今天你给大伟闹得怎样？他们真是太不大方了嗳！有一件事告诉你，我和你出去玩的事，当我和张玉瑶等坦白地说出后，相反的他也告诉了我，他和白果祥很好，于是大家"不搅"，譬如现在她在替白果祥写信我也看看她，她也不响。大家坦白大方，反正这又不是做贼，并不是什么不可告人的事情。我有一个意见就是希望你能很坦白大方地告诉他们 (如苏休玲等)，也许倒反而能没有什么关系的。

　　星期一晚上我们团支部成立了，借献业大礼堂②举行，同学及来宾有一千几百人，当我站在麦克风前说话时，起初有些紧张，后来就自然了。报告后一般

---

　　①　《生命交响曲》*是中华人民共和国成立初期的红色电影代表作，由徐苏灵导演，顾得刚、王钧、乔奇等主演的电影。

　　②　据推测为上海献业中学大礼堂，是20世纪50年代设备最先进的礼堂之一，位于文庙路200号。

情况要比我预料的好得多,你说该不该为我庆贺。不过有一点,这是后来同学跟我开玩笑时对我说的,他们说我"阿拉""阿拉"太多了,同学们都在暗暗地笑我,原因是我的稿子上"我们青年团""我们团""我们人民力量""我们的团群关系"……"我们""我们"太多了,所以有这许多"阿拉"现在我想想"阿拉真难为情"(笑)。

我准备想去参加军事干部去,你说好不好,像我如果去考空军,数学大概总可以"派司"①的,政治上也许也能说得过去,身长不用说,体重112斤没问题,只是眼睛欠佳而已。如果军校录取的话,我决定参加学习,希望你能根据我的客观条件及客观环境帮助我解决这问题。

今天我已认捐了七十发子弹(每弹折一千五百元),希望你能向我挑战(那天我遇到你的时候才认捐了廿五万,也可说有你的影响及杨局长的报告,今天我

---

① 上海土话,意识是"通过考试",据推测为英文pass谐音。

一下子加了五十发,可惜没有人向我应战)。

在这次捐献活动中,我们班里一位同学竟捐献了五颗真的子弹,你说妙不妙。他说这还是在日本投降后,日本人遗下的,他在家中藏了四五年,今天出笼了,真是值得表扬。

上午在实验工校中我参加了教师学习组,精彩极了,带给了我许多材料,后天我准备在大组中向全体同仁作传达呢?

好了,我得睡了。这几天老是很早起身很晚睡的,现在已经十二时半了,全馆老早也进入了睡乡,电灯又坏了,大概火表坏了,这封信是在洋烛跳跃的火光下写的,所以字迹草率之至,不知道你会不会看不清楚?

又:你们校内有没有一位叫梁米先生的,是不是就是上次给我接电话的,她是不是在以前恐美思想很厉害?你猜我怎么会知道的?猜到了奖二粒花生米(笑)。

晚安！

萍

12月13日晚12时40分

　　我得睡了，不高兴再看一遍，错字一定很多，请代改正，句子也零落不通，因为我才开了团支部委员会，开完回来就写信，心情激动得很。

*《生命交响曲》海报

1951年12月23日

何又萍同志：

看到了你最近下发检查工作的"汇报"，内容很丰富，有的却很有趣，你真的改行了。我想一个同志，要多钻研，多学习，什么困难都可克服。不久，你对组织部门的一些东西会熟悉起来的，我们总得让自己不要永远的在某些工作上是半瓶醋。

最近我工作很好，情绪也稳定，胃口也好了，不过人还是不胖。在这时期工作中，深感厂对我的培养。目前来说，我的行政任务不太重，但是其他工作（如团内……）责任很大，机关内真不简单，我得下定决心，努力搞好工作。

这星期日上午我在科内补课（政治业务学习），下午回家等报告，晚上有空，我想去看看电影，你如

有空的话，请在下午打电话到我家，我请你看电影
（第三场），或者到少年宫（宋庆龄办的）去看表演会
（去或不去一定打电话给我）。

希望你努力工作，不久我们都会解决入党组织
问题的。

敬礼!

袁娟

12月23日

1951年

1952年

1月9日
2月29日
3月27日
4月4日
8月7日
11月22日

1953年

1954年

1955年

1955—1957年

1958年

1959 年

1960—1964 年

1952年1月9日

娟:

上星期日你来过后我就病了,起初是伤风,后来成了感冒乃至病倒。

病不能说重,但也不轻。热度高到39.8℃,最高的那天终日昏迷不醒。由于医得早,所以很快就热度下降了,从一九五一年十二月廿九日病起至一九五二年一月四日起床,足足生了二年,多厉害。

每当最感到苦痛时,常常会想到最亲密的人,心里很矛盾,有时希望你能来看我,或者希望你到我身边来,但又不希望你知道,就是这样的我在病中惦着你。四日到馆来,接到你的电话。本想星期日来看你的,但不知道星期日你到底有没有空,所以来约你。但到星期日上午我一起身就打电话给你,你们那电话接不通，隔了一个小时再打电话听说你回家了，后来我预计你可能还未到家，因之想再等一会，但后来就睡了。假如那天你打电话来的话我会来看你的。

你们最近的工作情况怎样？下学期是否又有新的方针，我始终感到你们这样搞效果不好，并且教师又疲于奔命。工校的流生问题的确是个大问题，不过这样三天二天我看也不行。

关于所借给你校王日晴先生的那些书籍，你是知道并了解我的，特别是那些数理书，是我经常在工作之余及空暇时翻阅的，给借掉后首先我自己不能看了，要想自己再买又太贵，约需十二万，请你催他一催。假如你确实感到难以和他谈的话，我想或者由我写一封信给他，总之，我非常需要这些书。

这星期日我来看你，下午一时半我到你处，你可在车站等我。

敬礼！

又萍

1952年1月9日

1952年2月29日

娟：

打了电话又写信，不可谓不诚心了吧！

你说将我送到你的家里方显得诚心，为滑头的俏皮话，根据你的逻辑来说，要诚心就得替你送到府上，否则不诚心，好辣手，我不想。

这个礼拜晚上得上团课，下午不知道有没有时间，连我自己也还不得而知，抽得出时间否？成问题。所以我希望你能否更改一下你的逻辑，马马虎虎就算我是诚心吧。

这学期我派到四校工作，离你"府上"很近，你如以后星期六晚上回家的话，可以到我们这里来。这学期我担任三节中二下的自然和中二下、中二上、普二上的政治，一周各上六节课，加一节周会。在上课的时间上说，比上学期更少了。你如来，我可以招待你，大家交流交流经验，向我们指教指教。

星期日倒底有空没，有空等星期六再打电话给你。

要开会了，只能"腰斩"到此，请原谅。

何文萍

1952年2月29日

1952年3月27日

何又萍同志：

经过了两天的民政干部的学习，全区共330个同志（包括市里来的，区委、团工委、区政府、各行业单位），都先后分配了工作，我被分配至三厂中队工作，搞愚园路地段，住在十厂，目前正在结束准备工作，来迎接第一阶段的发动群众和进行控诉。（29日开始。）

刚接到工作时，心里的确是非常的怕，因为群众工作是不太容易搞的，我又没有民政经验，领导上提出的要求又很高，因此这几天工作是比较忙，思想负担也加重了。

我们一队共有四十多人，绝大部分是产业工人，他们经过了五六批民改锻炼，因此政治觉悟较高，我的确感到我们之间是有些不同，他们很多地方是值得我们学习的。

这次少数民政第一批要搞24天，根据工作需要干部不可能有休假，即使有也不一定是星期天，而且也只放半天假，以后搞下去这种情况很平常，因此，我们碰面的机会会更少或没有，但又不能完全不关心。这些情况向你交待一下。

我得尝半年多的运动味儿，好好地锻炼自己呢？

有好多东西，如套鞋雨衣等都在家里，但是没空去拿，你说，我们多紧张。

袁娟

3月27日

1952年4月4日

娟:

你们目前很紧张吧！运动搞得怎么啦？有无捷报？上星期回家了没？

我们这里的"三反"①第一战役已告结束，这几天正忙着清理战场（整理已得成绩）、收集材料、各方面调查以补充弹药做好第二战役的准备工作。我因为编入办公室的调查研究组，所以前几天净是在外面跑，据统计走过你家门口二次，过老北门不计其数，自己家里二次。每天"跑街"，白天跑了，晚上做研究分析工作，第二天再跑……因此连日来腿有些酸了，

① "三反""五反"运动是1951年底到1952年10月，中华人民共和国在党政机关工作人员中开展的"反贪污、反浪费、反官僚主义"和在私营工商业者中开展的"反行贿、反偷税漏税、反盗骗国家财产、反偷工减料、反盗窃国家经济情报"的斗争的统称。

明后天可能比较空一些了。

月余来的"三反",使我对旧社会、资产阶级的认识真有了更多的认识。假如说是提高了一步,不如说"使我钻到他们的里面阅览了一下",他们伪善、卑鄙、下流、腐化……简直闻之心悴。根据我们的一月余来所得,我深深地感觉到了反动派给我们留下了的是些什么,他的反动本质是什么,在旧人员中差不多近90%~100%都染上了资产阶级的腐朽思想和可耻举动。真是"三反"不反,我们有亡国亡党甚至亡头的危险,有机会的话我想大家可以将外面("五反")内部("三反")的情况交流一下,倒是教育意义深长的。

我们全馆的业务已完全次第恢复,但我仍被留于节约检查委员会,可望于这星期日休假。假如能休假的话,未知你有时间否?

一年容易又东风,该是春江水暖鸭先知的时节了。回忆去年今天,我正划桨于西子湖①心,而今年如

---

① 杭州西湖。

此，预料明年今天正是祖国大生产开始的时候了，同志！你有无感觉。

"五反"该是一场更伟大、更广泛的阶级斗争，你的体验一定很多。可惜我们这几天正在"三反"，不能兼而顾之，你是否可以报导报导。星期日你能否回家可告诉我一声。

祝进步！

又萍

1952年4月4日夜

注：这封信在写好的第一天，因故搁笔，唯恐因为因暂搁笔而误邮，所以草草不恭地来尾寄来。这只能算"半封"信。

又注：这封信的邮票很好，请为之保存，最好断下后送还给我。

1952年8月7日

又萍同志:

接到了你的来信,但是《古丽雅的道路》①这本书还未收到。

本星期日的游泳票买不到,我倒放了心,原因是我不能游泳,因为我的左脚在上次我们相会前的二小时因摔跤而擦破了,当时我因没甚痛,故没给你知道,但是回家后却很痛,而且有些红肿,虽然走路是根本不成问题,但是游泳是不可能的了。我正很烦恼,感到那么不巧,我们等有机会再去吧,反正时间长着呢!

昨天我感到太闷了,早上九时又到校去,闲着无

---

① 《古丽雅的道路》*,本书是俄罗斯女作家叶·伊琳娜所著的一部描写苏联卫国战争女英雄古丽雅独特、光荣、有意义的一生的纪实小说。

事,借到了一本《收获》①在看。因为书本内容的丰富、词句的生动吸引住了我,使我忘记了午睡,从早上十时后看到下午四时,一口气看掉了近五百页,但是头太痛了,只得休息。晚上在宿舍就住我一个人,既不能再看书,只能躺着养神,因此回忆起了过去的一件件事,我们的事、同志的事、学校的事。

暑期中我决定住在家里,或许会使我营养好些,不致再瘦下去。

星期日我们的活动是什么?也总不能像我们上次在烈日下空走一番呀!太无聊,我的意见是,可能的话我们设法看看有意义的电影,或到复兴(中山公园最好)公园去逛逛,呼吸些新鲜的空气,谈谈我们的思想、学习,我觉得我们不能单玩,该会见得更有意义些!太不具体吧?究竟怎样,我们可研究。星期日活动的具体时间等安排希望你在早上或星期六晚

---

① 《收获》,1952年时代出版社出版的译著,作者格·尼古拉耶娃。后文提到了同名电影。

上打电话给我，因为明天我在单位写总结，要一整天（晚上回家），这是因为部分教师被抽去搞总结，懂吗？妈在催我，我该停笔了。

　　握手！

娟

8月7日晚于家中

*《古丽雅的道路》

蓝色的爱：真诚

1952年11月22日

娟：

这次的写信真可以说"伟大"透顶。记不清写了多少次了，可是总是写不成，总是写到一半就有事情了，于是只能丢开，今天我希望能"完成"它。

刚才碰到你，结果你又因为要赶着去吃"喜酒"跑了。本来要请你替我做一件事的，现再写信来，不知道你肯不肯。只要费掉你两个小时就够了，我想你大概一定"喔开"①的吧！

我的一副皮手套被我弄丢了一只，不能戴了，我想织一副绒线的，可以让我在写字时戴戴，不知道你肯不肯劳驾？

---

① "喔开"应为OK之意。

星期天我不回家去，上午得到团工委去开一个会，下午又得去访一个缉规①的老同学（他老早就同我约好的），我想在下午六时左右你到文化馆来或者我来找你，不知你有没有空？（打电话来告诉我。）

我们的支委会职务今配好以后，结果团工委改了一改，叫我做书记，简直糟透了。

上星期日我到大光明②去看了《人民的巨掌》③，你看过没有？关于我之所以会去的，里面大有文章呢，见面时告诉你。

喂！你的生日是几号，我得要向你祝贺呢。你拿什么东西来请客？

关于申请加入工会的事，我已将志愿书填好了，

---

① 缉规中学，1916年由当时上海抚台聂缉椝（曾国藩女婿）创办初名为聂中儿童公学，后易名缉规中学，现名为上海市市东中学。

② 大光明电影院，享有"远东第一影院"的盛名，始建于1928年，由中国商人高永清与美国人亚伯特·华纳合资成立。1933年，由匈牙利建筑师邬达克设计重建。影院位于上海市南京西路216号。

③ 电影《人民的巨掌》*由上海昆仑影业公司摄影制于1950年，主演魏鹤龄、张乾等人。故事讲述了中华人民共和国成立后，敌对势力暗中破坏稳定局面，后在人民的巨掌下无处遁形的故事。

照片也已拿去，你弄好了没有？

　　那天和你一同到城隍庙去有二个同学看见我，当天晚上我到学校里去，他们就问我说"何先生！你今天在城隍庙，我们看见你，你旁边的是谁？"当时我胡乱地应着说"我的妹妹来看我，结果她要买东西，于是我陪着她去了。"你说我们吃"开口饭"可真难，随时随地有人看着你，真不好做，笑！

　　打铃了，得去学习去了，祝你健康。

　　娟：昨天我们的房间做了大扫除，发动了许多同学来帮助打扫，希望你在星期日能来参观参观。保证你感觉焕然一新（吹牛）。

萍

11月22日中午1时半

（伟大巨著宣告"完成"）

*《人民的巨掌》

1951年

1952年

1953年

8月19日
8月31日
8月××日
9月11日
9月17日
10月7日
10月11日
11月4日(1)
11月4日(2)
11月17日
12月16日
12月20日
××月××日

1954年

1955—1957年

1958年

1959年

1960—1964年

1953年8月19日

萍：

从明天起我被调回原文教科工作了，这对我来讲，又是一次新的开始，但是习惯了这种调动的我，已不是好奇了。

由于文教科科长大力争取，二天内四通电话四次亲访，以使办公室的主任不得不"放手"了。

昨晚在文教科内又开了欢迎会，欢送的有两位，一位去党校学习，另一位因为本来是会计，现调至小学内当老师。欢迎的有三位，除我以外，还有两位是新从幼师毕业的女同志。虽然是短短的二小时的会议，但给我的启发却很大，我应该学习他们愿为支教工作终身不倦的努力的决心，如有一位同志说："我能与儿童在一起，是我一生的幸福"，但检查我自己，还不到这程度，所以我自己是这样的打算：要把这运动的热情带到文教科去，虚心向大家学习，搞好工作，而最主要的是从自己热爱工作做起……你认为怎样？

今天一天要移交工作，明日去报到。

住宿又成问题了，住在宿舍内每天得跑20分钟，房钱也较贵，所以我在考虑住在家里，打一张月季票，有何高见。

上次我忘记跟你谈了，关于结婚的事我给母亲说过了，她也没啥大意见。因为她主要是这样思想：女儿总是要出嫁的。在这问题上，有时我很古怪，当情绪好时，倒对早些结婚较乐意，但不好时就想到没啥道理，这也可说是患得患失吗？

本星期三晚上至目前为止不知是否有空，星期日肯定是放假，假如有票的话，不买在星期六就买星

期日,《伊万雷帝》①不要看,《不,我们要活下去》②可以看看。另外,我很想学游泳,可恰当?可有机会?我的老师! 具体情况,我再电话通知你。

祝愉快!

袁娟

8月19日晨

---

① 电影名为《伊万雷帝》*,由阿拉木图电影制片厂于1944年出品,由中央电影局东北电影制片厂于1952年译制。该片由谢尔盖·爱森斯坦执导,H.切尔卡索尔,N.切利阔夫斯卡雅等领衔主演。影片叙述的是俄罗斯帝国首位沙皇伊万四世从登基到统一俄国的事迹中的一部分。

② 日本影片《不,我们要活下去》由日本新星电影公司、前进座剧团于1951年联合出品,由中国中央电影局东北电影制片厂于1954年译制。该片由今井正执导,河原崎长十郎、河原崎静江等主演。影片反映了在帝国主义的军事扩张政策和残酷的军事掠夺下,日本劳动人民灾难深重的生活状况。

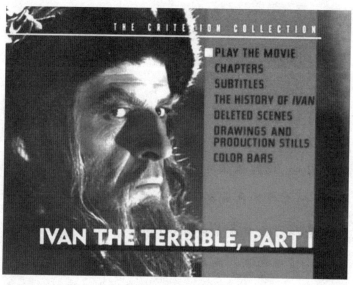

*《伊万雷帝》海报

1953年8月31日

春娟同志:

这几天工作很忙,过去一向在中午睡眠的,这几天开始也只得加班了,星期一晚上原来应去俄文学校学习的,但结果由于工作放紧,请了一天假。虽然如此,但工作仍未做好。

星期日去看房子的结果怎样?

就结婚问题,我曾在星期日与我科的一个同志正式作了交流,并就经济问题算算细账。根据目前情况看,房子问题不是最困难的问题,我局有宿舍,且今年年底将有新工房,配给理由是结婚的话,可以优先照顾。若不得已的话可以在我家内解决,父亲他们愿意将大房间让出来给我们,我看即使在亭子间内也行。家具的问题也不大,双方能都向家里搬些东西的话，我看也没有什么大的问题了。

主要问题是如何"结"的问题，我处一同志(男)，他是供给制，他爱人是薪金制①，结婚时一点未铺张浪费，家具房子由公家解决，结果花了一百多元。他们在上海双方均无亲戚，如以此类推的话，我们起码得三百元。这笔钱很可观，我们又无积蓄(我们科内青年同志为了结婚，故开始了长期积蓄，虽然有的同志至今还未有对象)，我看明春结婚的口号还不能叫得太早。

此外今后日常的支出也需略为估计一下，明春二星大学毕业，根据中央新近的工资规定，小年制大学毕业的学生每月190分，工作六个月后酌予调整，

①　供给制就是中华人民共和国成立初期对部分工作人员实行的免费供给生活必需品的一种分配制度。供给制的供给范围包括个人的衣、食、住、行、学习等必需用品和一些零用津贴，还包括在革命队伍中结婚所生育的子女的生活费、保育费等。薪金制在企业经历了业主制、合伙制和公司制3种形式，随着公司规模的不断扩大，所有权和控制权逐渐分离，在社会上形成了一支强大的经理人队伍，企业的控制权逐渐被经理人控制，薪金制的主要对象是企业的经营管理人员。

但估计不可能超过220工资分。你家中是否可以不需你的负担呢？结婚后每月如需付水电房租每月20万元的话，我们个人就得省一点零用钱，如有孩子的话，一个孩子每月得花20多万到40万，经济的危机就大了，当然我们可以适当注意。

现在的问题焦点与我们过去所考虑的迥然不同了，我希望你能按具体地算一下你的经济细账，还有，估计在结婚费用上你可以拿出多少钱？我也要算一下，看看总的经济条件如何？

以上这两个问题你可先算一下，反正我们二人还是要再做具体研究的，作为你所准备发言的提纲吧！

最近身体如何？工作称心吗？

敬礼！

又萍

8月31日

1953年8月××日

萍：

从星期一开始，我就在"职工业余教育委员会主办的知识分子训练班"办公了，这几天是作开学的准备工作，主要是审查材料，确定有否资格来参加考试。由于我们几个同志都是上期训练班的，因此在工作中很熟练，本来预计三天中完成一千份材料的，我们只要一天半就完成了。最近，我们所怕的是"失业"，今天我们超额完成了任务，所以休假，本想来看你的，可是我想到了你们那里学习很紧张，工作又很忙，来了也不过见见面罢了，就此在家休息，这也是很少有的日子。

萍：你们学习一定是很紧张的，我很羡慕，同时我也有这样的一个希望——你好好学习，通过学习

更进一步认识自己的缺点,努力改进自己,在实际中锻炼自己,争取做一个共产党员!同志,我们在政治上应相互启发帮助,为了同一个目标使我们更了解,并不断消除我们之间的"障碍"——种种错误思想。

最近我工作比较安心。上次你问我是否工作中很苦恼,的确,我在开学的一阶段工作中,感到没能很好地完成任务,可能我对自己的要求太高了,但是我想这也是必要的。我深深地体会到什么叫苦闷,莫过于不能完成任务吧!在这中间检查起来,最不应该有的是对工作不产生兴趣,甚至想逃避,别的同志没发觉,当然我也没得到批评,可是我得尽量地克服它,你的意见怎样?另外,这学期我校教导调走了?(暑期中)需要在教师中提拔一个。我是首先被考虑的,除政治条件没问题外,在业务上也没什么大问题。但考虑的结果,以"年龄小、单纯"、在某些问题上"较幼稚"的论断决定了人事。我当然也承认,同时我是根本不要做"教导"的。但是这个论断使我太痛心。

我并不是名利思想，我所痛恨的只是自己，为什么"幼稚"？我认为这是够耻辱的了。至今，这问题我还未搞通。我为了这问题，甚至痛哭了两次（两个晚上），这个问题是没人了解我的，我也不需要人来了解我，因为我认识到这是自我斗争、自我提高的过程。我虽然表面上很积极工作，但实际上背了这样一个包袱，我很自卑、很纳闷，甚至希望给我一星期的休假，让我好好地纯清一下思想，给我有一个地方去痛痛快快地发泄一下，再来搞工作。萍：你一定会笑我或又认为我"幼稚"，严格地说你会很不满意我，是的，我并不怕，我们在思想上应展开无情的斗争。

不过，目前我工作是安心了，学校里已从实验工校调了一位富有教学经验的教师，同学的反映也还好。

一千人的训练班在十一月初开学，我又记起了苏主任的话，这任务是光荣的，但又非常艰巨，我一定要搞好它。

今天和我们的书记同志到牛崇得那里去（江湾

附近),也碰到了穆平中,结果糖未讨到,不过,他们说,等有一天(星期四)事先通知他们,好让大家提前准备。

〈残〉

娟

1953年9月11日

又萍同志：

萍，我向你报告近日来思想斗争的胜利，我不再怕了，我决心以团的标准来衡量自己，做好这学期的学校中团结工作，在工作中发挥持久的积极性。我也认识到这团结群众不好，是我个人的思想问题，并非单纯的方法问题，上次的问题我自己得到了解答，我很高兴，但愿坚持这股力量。

本学期我们校内调出两位老教师，另添了两位新教师。而且这学期我校总方针是一般维持，所以接收新生很少。区里今天才召开文教座谈会，讨论商讨招生问题，情况很佳。这学期我大概是毕业班的级任，总之今日我不论怎样的工作，我总得好好干。每通过一次工作，虽然对自己有了提高，但却又一次发

觉自己的不是。真的,在今天你若再不努力就跟不上时代了,因此学习再不能像以前只停留在口头上了,是具体行动的时候了。但是我又不知道先学什么,后学什么?你假若这方面有些体会的话,请不要吝啬,同志,相互勉励吧!

最近,团内开了一次"交流经验"及明确今后工作任务的大会,我在会上也重点地发了言,而且使我最有深刻体会的,觉得同志们通过暑假都有了进步。但我又感到我入团已有二年十月了,可确是一老团员,当然在工作上、思想上都或多或少地有了进步,但是在今天想起来太不够了。我也痛恨为什么自己没其他同志进步得快。入党问题,真可说理想与现实还有很大的距离,我很苦恼,不知你有这样的感觉吗?

又萍,最近你的思想情况怎样?有什么不可解决的思想问题吗?或得意的事吗?告诉我。至于我们的问题,我基本是搞通了,得出了一个结论:"向前看!

用你的发展眼光去看世界的事物,你的朋友",你呢?

时间已至十一时,祝健康,再见了。

致革命的敬礼!

袁娟

9月11日晚10时半

1953年9月17日

萍:

这一本工作计划是上学期的,就依本校来说,在这学期有些也是不适合的,因此,这本工作计划,对于你说,仅可作一参考。不过,希望你能慎思考虑,订好自己的计划,并给我们多提供些意见?你觉得怎样?

昨天我们的开学典礼开得真好,内容充实,时间又精简,其中尤以模范教师——邱平沪的讲话受到了群众的热烈鼓掌,她廿三日要到杭州去休养呢!

喔,汪慈云的工作地址或电话知道吗?假如知道的话,请你速打电话通知我,为感!

这封信可真简单了吧!好,办公了再见!

祝愉快愉快再愉快,进步进步再进步!

娟

9月17日晨8时

1953年10月7日

〈残〉

要求解决,本来我预备快一点替他解决的,但是身体不好,影响到了情绪也不好,一直闷着,所以至今还未解决,怎样解决呢? 你的意见,虽然是较简单的。

今天校内开团小组会,我感到无味,不快乐,终了! 我这几天比以前不行了,不知为了什么,懊恼着。

仍有些头痛,不多写了! 再见! 祝进步。

娟

于10月7日晚

你名字以后给我涂掉的,的确是在骂你! 喔,只是开开玩笑——"坏家伙"就是,放心了吧!

星期日我大概要回家的,(吃饭前),这星期他

们大概陪同学去看《从猿到人》,我不去,因我很想回家呢!

字迹太潦草吧!请原谅。

我们校内星期二、五下午到廿二工校去学习的,所以要来"拜访"的话,这二天下午不要来,否则是白跑一趟。

1953年10月11日

又萍：

  我以忠诚的、无限的抱歉向你申诉，实在那天我不知你打过电话，害你打了二次都落空，就算我该受你的骂吧！

  我着重地告诉你我头痛已经好了，这是多高兴的一件事，但是我的脸色很不好，大概睡得太迟了，这当然是我不会掌握时间的缘故，以后我得倾听你的指示，看看书，睡睡——嗳！对了。

  真的，我不能体会到你说的："我回信时老是避重就轻的……"可以不可以明确地告诉我，因为我对写信大概是很低浅，不能抓住要点，多多指教。

  反正明天就要会见，不重要的事（我认为）不写了。

  脱离群众是一顶大帽子，相当的严重的。像你因

当心自己的身体，在寝室里闷干，果然是好的，有益于你自己的，但是假若你过分的话，太与群众不相干时，会造成误会的。我们的苦干应在联系群众中抓紧时间来干，多顺合一下群众的要求，希望——至少对你搞工作中有帮助的。

大概是不正确的吧！但我不得不说，我总觉得你好像对张玉瑶等有些不团结，是吗？诚意地希望你不要有这现象，我想你大概不会不希望的，那么假便有的话，赶快扭转过来，知道吗？坏家伙。

"不了解别人对他（她）的诚意的希望是最不应该的。"

哦，忘了上次星期日，我十二时多回家，爸说有同学打电话来："问我下午去吗（不详细）……"我还以为是别人呢？那也得怪你为什么不老实地说出你姓什么？在下午，我是诚心听候你的电话的，不来！当然我也就去处理我自己的事了，可不可以表现我没有忽视你的"电话声"。

一个人假使太客气了会变成了虚伪，你检讨下你信上的话，这是真话呢，还是假言？哈，当然你肚中有数，不再追究。

一副大人话，好气人，以后可不该再这样了，知道吗？

对于你为我刻的一只图章，真的向你谢谢，而上次所说的，你大概误会了——随它去想？

不高兴写了，你看看多么"存心"的写信？再见！祝你联系群众！

娟

1953年于10月11日午后

1953年11月4日（1）

萍：

　　来信知悉，近来工作、生活都很好。

　　本星期六晚上我们机关内开庆祝十月革命的晚会，你有空的话可以来参加，六时半我在区政府门口等你。

　　《收获》①电影不日就要上映，别忘了你的诺言，星期日请客去看，设法买一下吧！

　　关于结婚问题，我建议在星期日具体研究一下。

　　敬礼！

袁娟

11月4日匆匆

---

　　① 电影《丰收》*，又名《收获》。导演沙蒙，主演李舒田、赵子岳等，1953年11月在全国上映。故事讲述了陈家庄农业生产合作社在党支部书记、全国劳动模范陈初元的带领下，连年获得丰收的故事。

* 电影《丰收》海报

1953年11月4日(2)

又萍:

我正在为了打不通电话而烦恼的时候，接到了你的来信，(由钱佩交给的)——而就是你们。

你那歪着头的照片，真的是象征着你在思索，出神地神往，很富有一种(不知怎样写)的情感，很好！我要看这种正统的相片，谢谢你，我一定把它好好收藏。

我偶然地会想到，又萍，不知你会想吗？我们怎么会相识的熟悉的？我好像不能回忆。

今天，我和校长、教导主任前往育才中学去听"欧洲各新殖民主义国家的经济建设及自然构造"的专题讲座知识，我还以为你也来的，害得我在早上打了五个电话也打不通，你想，该罚吗？(怕你们那里的

电话坏了），在那里，我和刘天元等在一起，他说他很空闲的，仍是……〈残〉

你怎么这样的"互相矛盾"呀！你不是说教我不要做小孩子吗？假如你是诚实的话，同志的关系话……你就不该叫我小孩子了，你想想吧！何况你也不配资格呢？

同学们在考试，我好像偷来写那样，为你写信。

昨天我们到办公小组去学习，这学习老实对你说，我觉得是负担。滑稽的是我们工会要我去，由组织部长掌握来讨论。近半个小时，来一句去一句，真是笑话百出。结果决定在星期二去——付35000元，我想不去，后来想他们都去了，我待在校中没什么意思，看情形再去。

我们的薪水至今还未发下呢？春游一事我本身倒无甚关系，而且家中没有那么专制，可以阻挡我。但是我那两件事牵着我。请假两天还得由教育局批准，较麻烦，说起来又是玩呢！你想我该去不去？我想

先问你,你现在是否已决定去?去玩一次很有意思,我希望你能去,知道吗?我相信你是会去的。

国家大事要考好了,我不能再写了,再见。

祝你好!

袁娟
于11月4日晚

1953年11月17日

又萍：

这一星期工作特别忙，除了工会学习外，团内、党内的学习正值重点检查思想的阶段，因此，思想上的"负担"比较重。

同学的流生情况在日渐增加，主要是全区已开展普选工作，又是总路线、总任务的传达，所以工校教师又面临着"危机"了。

这星期日第一场是在新华①看《远离莫斯科的地方》②，

---

① 新华电影院*位于上海南京西路742号，现在旧址上翻新仍在营业。

② 苏联电影《远离莫斯科的地方》*由莫斯科电影制片厂于1950年出品，由中央电影局上海电影制片厂于1951年译制。该片根据同名小说改编，由亚历山大·斯托尔佩尔执导，尼古拉·奥赫洛普柯夫、斯魏尔德林主演。主要剧情是在苏联卫国战争期间，为了军事上的迫切需要，以建设处长巴特曼诺夫为首的一支"为石油而战斗"的队伍，只用一年时间就完成了一条原定三年才能完成的输油管建设工程。影片表现了布尔什维克领导者及苏联的英雄人民在严峻考验下的生动形象。

晚上是人民大舞台的"音乐舞蹈会",听说演员们都是出国过两次,非常精彩。但是时间恐对你不利,(七至十时左右),希望你考虑一下给我答复。

五万元寄上。这次你一定能收到了!

敬礼!

袁娟

11月17日

* 新华电影院旧时海报

*《远离莫斯科的地方》海报

1953年12月16日

又萍：

来信收到。谢谢你的关切，最近身体尚好。

近日来因区内正在展开普选①，总路线的学习又很紧张，因此上星期四除下午休息外，其余时间都被工作占去了，本星期或许可轻松些。

自从那天谈了"我们的问题"后，的确我是在郑重考虑，但是不可避免地思想上是比较苦闷，我真体会到"青年问题"搞得不好，是会影响工作或思想的开展的。不知你有何感觉？我希望你不要为此而"挖

---

① 从1953年7月到1954年5月，在全国范围内开展了基层人民代表大会代表的选举。这次普选是我国历史上规模巨大的民主运动，也是人民政治生活中具有历史意义的伟大事件，大大推动了人民民主制度的发展，并为县以上各级人民代表大会奠定了基础。

塞"①,否则我该负责。（真诚地！）

我本想在本星期日找你谈谈，当然不像从前那样。我想到光拖着是没意思的，我们是同志，彼此的要求尽可严格些，不要把这事当作是我们私人的，所以我敢这样大胆……何奈你上、下午都没空，晚上恐你身体吃不消，我可没什么问题，那么听听你的意见吧！该熄灯了。

敬礼！

袁娟

12月16日床上

---

① 上海土话,意思是不高兴、胸闷。

1953年12月20日

萍:

从信上了解了你的心情，这一切，我早已预料到的。

的确看到了你的来信，我很生气，我虽尽量地抑制着自己，但是整个晚上我总想着这个问题。很巧的，晚上支部书记找我谈话，我真诚地向组织上谈了这问题，批评很尖锐，但我却很感激，我更开始了尖锐的自我斗争。

在今天或许明天吧！我还会这样的痛苦着，我也曾想到，"反正我那么年轻，为什么在这样紧张的日子里，要那么多的考虑自己的问题呢?"有时甚至认为"就算了吧！真是虚度了三年的恋爱生活！"事实上，半月来我的心情是沉重的，可说是"苦闷透了"，但是我终究还惦记着自己所处的地位。因此这些思想情

094

绪就在我工作之隙才可能产生，我自信，从本星期起应逐渐使它消失。

你是以严厉的态度，冷静考虑着这一问题，我还可能有什么意见呢！

我很庆幸的，你能十分地了解我，但是我并不需要你的同情，或慰藉，我需要的是真诚的同志的友谊和友爱的帮助……这恐怕很少或者没有，这是我的想法，可能你不会同意。

三年来，你真诚地爱着我，是事实，而且我也了解你目前或将来是这样的坚定不移，我有时是感到很幸福，而且我也曾下过决心，永远爱着你，等待着更大的幸福。今天因我受资产阶级的思想影响较深，在处理这问题上存在一定思想问题，我采取了比较消极的做法，而你呢？很理智的同志，这一点真佩服（真诚地）到心里。我觉得你是不够从积极方面来考虑。

应该感谢组织对我的帮助，使我明确了今后我们之间发展的方向，和我自己存在着缺点，特别是通

过总路线学习的动员后,我是思想斗争得很厉害,而且批判了自己的恋爱观,我感到这下是清醒得多了(详细的面谈吧!)

最后我们同意你的意见,冷静地考虑,以团的标准来衡量自己,严肃正确处理好这一问题,使我们能愉快地过元旦!

我等待着你的批评。

祝好!

袁娟

12月20日晚于家中

人很疲倦,情绪又不好,写得很潦草,请谅解。

如果回信,封面上请不要写上你自己的姓名,为了什么? 下次再谈,或者你可能是了解的。

1953年✕✕月✕✕日

娟：

　　夜十二时正，办公室内静悄悄的，电灯开得雪亮，还有四个同事在皱着眉头制学生成分统计表，张玉瑶在我背后的写字台上批学生作业，远远的犬在吠着……我伏在台上给你写信。

　　今天早晨一起身就惦记着你是否病了，根据我知道的，你向来写信总是很勤的，为什么还没有回信呢？有同事叫我去参观"从猿到人"，我去了。陪了学生零零落落地在马路上走，"从猿到人"，这些材料的确很好，今天我去参观时没有像你上次去参观时那样挤，据里面服务的工作人员说今天比较前几天要空得多了。所以我们看得比较详细。

　　出来时在门口遇到祝汉圆，还有一个也是新教

育学院的，但是叫不出名字，她们都是满面笑容的高兴得很，为了要陪同学一块儿走，匆匆地对她们点点头走了。她傻头得很，不知道等在门口做什么。

回来你的信放在我的台上，张玉瑶对我笑笑。

"又萍"，这二字签得不好吧！我是说不好，起初我写的还好，结果刻走了样，于是刻成这样缩头缩脑的了。你的那只图章，你说："刻得那么好"，谬奖谬奖，平心而论也并不见得好。（真诚的！）

碰到"刘路明"！哈！恭喜发财。我才看到你写到，〈残〉一到家可巧了，你猜谁在我家，不告诉你，你真不知呢？我当时就猜到是这个"宝贝"。果然不错，在新教育学院我吃过他的苦头的，果然这样令人讨厌，果然这样随便乱搞，〈残〉告诉你"撒丹"（撒旦）已经开始光临到你的头上了，下星期或者隔一二星期她还得光临呢。你需要想办法。

"经常没劲"，没劲就是精神有问题，我要对你说的还是老一套：静静地多休息。不要"恨透你的那个"，也不要发出"莫名的悲观"，你自己也知道"太不应该的"，忍耐忍耐吧，环境是需要我们去斗争的，在感到实在不能接受时可以婉言拒绝的。

〈残〉

萍

1951 年

1952 年

1953 年

1954 年

××月××日
1月××日
3月9日
5月9日
5月25日
6月27日
××月××日
9月9日
10月25日
11月9日
11月11日
12月5日
12月12日

1955—1957年

1958年

1959年

1960—1964年

1954年××月××日

娟:

谢谢你的劝告,我以后一定冷暖小心,多穿几件衣服。

这次生病的主要原因就是少穿了衣服所致。

罚也不要罚了,只要你以后细心一点就算了,本来我也不会塞这样小的"小纸头"的,实在因为信封已封好了,没办法只能在信封角里弄一个洞塞进去,我自己也得"检讨"。

关于我写你,叫你字写得端正些这句话,我现在收回,字不必一定端正,写得多些,这倒是我希望你这样做的。因为又不是"交卷子",又不是"做公文",何必一定要端正呢?为了节约你的时间起见你不妨可以草些。

102

我衷心地羡慕你们这样空，我们这里我真感到忙死了。拿今天来说，早上八点就独个先去参加开会去了，开会直开到十二时半（代表文化馆去出席蓬莱区欢迎二届一次人民代表胜利归来的联欢会），匆匆地吞了一口饭，赶到南洋桥①去做棉衣。我做了一件列宁装上装（七万元），棉裤和帽子不要，一时半回馆开国语教学研究组会议，研究组会议至三时方止，三时十分又开分校总结会议，直至六时才又匆匆地吞了口饭去上课，现在十一时缺五分——我学校里刚解决完了问题回来。

你的信我在吃中饭时看的，佩服你的精神。接到信后十分钟就给我写回信，我在这儿再谢谢你。

你如果过分感到太空的话可以多睡睡，钻研钻

---

① 上海旧地名南洋桥，地处原老城厢的西缘偏北与西藏南路西侧间的一个狭小的区域内，因当时有一座跨越周泾的桥而得名。1908年因筑今西藏南路，南洋桥被废。该地南靠方浜西路，北至会稽路，东临人民路，西过西藏南路后跨浏河口路和自忠路二个路口一带。

研文件,你还觉得不写意①,我可妒忌你死了。

你别说没有"苗头"了,这样的文娱先生我们找不找不要呢?努力干!你会有办法的。

张玉瑶这家伙,近来有些失常似的,对他你不值得气诉②。

你说:你已经能够跟他们关系搞熟了,那很好。这还只是团结的第一步,你得继续努力。你说你不知道应该在其中起什么作用,那很简单,主要的是你的信几乎全部透明,不信你可试试(或者你可以用纸将信笺包起来)。他们在今天上午我出去开会时你的信来了,校工放在我的台上,都偷来看,后来都背了出来笑话我,你看害得我羞不羞,知道吗下次别如此。

噢!有了,这次你来信时有意再用这软信封,信笺外包张纸,我让他们看,气死他。

文萍又记

---

① 上海土话,意思是舒服。

② 气诉,上海土话,气不顺的样子。

1954年1月××日

萍：

连日来紧张地搞好了结束工作，从30号开始放寒假，写这封信时，正是我聚餐后回家的第一晚。这学期的结束我的心情是愉快的。

据目前的情况，在下学期工校人事的编制要做到定量定期，每个工校教师要担任十八节课一星期（得下厂除外），腾出的教师，抽出去学习。凡是在十九级①以下的学校，校长要授课九到十二节，教导还要当级任。这样做，如领导上的统计，全市可抽调一百名教师去学习。为国家培养人才，在无形中可节约资金四亿二千万左右（一学期）。这样做法，是符合总

---

① 20世纪50年代，由供给制改行工资制，从高到低一共有24级行政级别，一直施行到80年代。

路线的精神的。我们区内教师又有调动,在党支部的会议上,初步决定我要调去长宁区一工校去(因那校的教导与校长关系老是搞不好,教导被调出去学习)这将给我个新的考验,我一点也没犹豫。

在寒假中,我有一组计划,请你提些意见吧!共要做好三件事:一、搞好团支部的总结与初步订出下学期工作中的总要求。二、看完《远离莫斯科的地方》一部书和团内所布置的意志与性格的培养,并做好阅读笔记,另外,配合市内团支部关于总路线的学习,进一步钻研搞清些问题。三、完成入党报告,至于现以星期日为主,其他的时间要适当考虑。你呢?准备怎样?

〈残〉

袁娟

1954年3月9日

萍：

昨天三八妇女节日，我们游行得很累，但却特别高兴，当鼓动站高呼向女教师们致敬时，我觉得又快乐又惊奇，因为我们以后的责任更大呢，更需要发挥我们每一个小螺丝钉的作用（像你所说的）。

你要准备入党，我很高兴，因为以后你对我的帮助会更大，我在此恭祝你成功，但你必须要有正确的入党动机，切莫存有个人英雄主义，自己得认真地检查一下呢！

星期日下午有空否，还不可决定，总之校内没有公事，那我的私事就可不成问题了，或者我打电话通知你。

中一上的教学材料，真的有的话我碰到你时来拿。

　　这几天工作很忙，每晚总得十一时后才好睡，早上又是一清早，当我写这封信时，一堆簿子还向我在挑战呢？所以写得又草又少，不要怪。

　　再见！祝成功！

娟

1954年3月9日11时

1954年5月9日

萍：

　　匆促地就将星期日早上与父亲会谈的结果告诉你。

　　事情的经过是这样的：星期日早上他主动地问起我："又萍对延迟婚期有何意见"，当时我见他很有诚意，我就故意说太迟了不行……他还是柔和地说："你们年轻人真是把问题看得太简单，好吧！反正现在一切从简，那么就改在我放了暑假后结婚？"这个建议是很可考虑的，就这样初步决定了在八月六日（星期三），这个日子的选定在我来讲是比较满意的，在这期间前后可作二个月的准备工作，而且离开我们本来决定的日期不长，这样又能得到父母的强有力的支持，你看可好？

　　就在这一天，父亲替我买了一些日用东西。据父

亲说,最简单的话也得花上二百多元,做父母的心理就是这样,特别是认为我是第一个女儿,总该"像么样",我想,这也不是最大的原则性问题,经济条件许可的话,设备就可完善些。

下午到中百公司去看了一看家具,玻璃橱很贵,得100多元一只,我想,今后我们要放大衣、棉袄等大衣服,买口木橱也可以。据父亲说旧货商店较便宜大概50、60元,我一个同志(刘广兴,结婚,他买了大概是新的吧,不过50多元。)我想可能的话我们下星期天去买一个,省得把你们家里的东西都搬光。

星期二晚上七时半在沪西工人俱乐部①门口会见。在那天我们可具体地计划一下,特别是如何结清,与一些具体问题(一个原则,家里不请客)。

---

① 1950年五一劳动节,常德路940号,沪西区工人俱乐部*成立。这是上海市最早的工人俱乐部,比之后为上海人熟知的"沪西工人文化宫"出现要早10年。为了继承中华人民共和国成立前沪西工友俱乐部的光荣传统,当时的人们命名它为沪西工人俱乐部,后改名为现在的"静安区工人俱乐部"。

据过来人的经验，为了结婚，双方是比较紧张的，连治西也有这体验，我想我们得尝尝这滋味了。

让我们在这筹备过程中，更能体现出我们之间的友谊与爱情。

我开始有了到你家里去玩一次的念头，你看在什么时候，我想这有好处，免得今后感到太突然，而且也可纠正我们在这方面太拘束的现象。我弟弟也说："怎么你们的活动只在外面，到双方的家里去好像是极少之事。而我的同学们都不是这样，他(她)们已是不分你家我家了。"我听了感到也有道理，就让我们在这二个月内具体来改进，彼此更了解，更熟悉。

反正星期二见面。再见！

袁娟

5月9日晚于家中

＊沪西工人俱乐部活动旧照

1954年5月25日

萍：

从这星期开始工作是正常了些，再不像以前的忙乱了，但是最为伤脑筋的就是如何真正发挥我们对工校教师的领导作用，给予各方面的具体帮助，可真不容易。这一切都得由自己下些苦工夫，努力钻研一下才是。

说实话，过去对文教科工作是不大安心的，总认为在科内只是一个小喽啰，发挥不出什么能力来，还不如在工厂内，生活丰富，作用起得大。这次通过思改，对树立社会主义事业观这一点启发最大，到目前我才敢讲"假若工作需要我的话，我愿永远为高职教师而努力"。因为如果这工作做得好，直接影响着工人同志在文化上的提高与否，这对建设事业来讲，利

害很密切。我也体会到,一个人当开始热爱起自己工作的时候,在工作中即使有困难,也不会常感苦闷。至今,我对读大学的念头已基本上没有了,只是想怎样在工作中多摸索一些经验,结合理论学习来提高自己。

目前比较感困难的是不知如何进行正规的有系统的学习来提高自己,看看学习积累很多,但就是一样也学不好,又苦于挤不出时间。这一点我倒是诚恳地该向你学习啊?有空的话具体帮助一下,特别是帮助我找到搞好学习的关键问题。

一谈工作好像事情真多,我这个团支部书记真难当,分支内团员多,工作情况不同,又非常分散,特别是怎样掌握他们的思想情况来进行工作还摸不着规律。你瞧我写了这么一大堆困难,假若被吓倒的话,我将被"撤职"呢。(笑)

前天去门诊部看了医生,因为当天X光停止,所以真的病也难肯定,据医生说是贫血,神经衰弱,配给我许多的药。我又拉了一张急诊单,准备去中医门诊部看妇科,总之,在最近期内要使自己对身体的全面貌有所了解。

关于结婚的事,我在星期日与爸妈商量了一下,他(她)们一致地认为在"七一"左右办有困难,理由是这一时期刚弟要到北京去,准备配学费,一算钱(爸爸准备向校方借200元),加以又是热天不方便,因此他们的意见是"十一"左右解决。我虽然是争取了一下,也无效,我想你就等我几个月吧!这一次别以为又是我在闹鬼。关于房子的事,去看了再讲,假使一定要定下来的话,那就每月多花三元多的钱,反正结婚也要花的。在目前至"十一"之间我们在各方面可准备得充分些,同时又可多积聚攒些钱,不知你意见如何?

本星期四晚上我有空,要看房子的话,我们一起去看,你打电话给我。

星期六晚上可能又看《小二黑结婚》①,又歌舞剧,你要看的话可告诉我。

要准备明天的会,再见!

娟

5月25日晚

等到写全才发觉自己的字那么草,请你不要责怪,有意见尽管提。

---

① 《小二黑结婚》是根据赵树理的同名小说改编的豫剧,1953年河南省歌剧团以豫剧形式首演于河南开封。田川、杨兰春根据自己的同名歌剧改写。叙抗日战争时期民兵英雄刘二黑,与同村少女子小芹相爱,遭到迷信思想严重的双方父母反对的故事。

1954年6月27日

萍：

考大学的准备工作做得怎样？是否去复旦报考，功课温了吗？既然组织上选取你去，就得争取考上，是吗？

最近我冷静地考虑了一下，我们间有两个问题需要再一次郑重地研究、妥善地安排：

(1)什么时候结婚较为妥当？

(2)假期你考取了会怎么办？

本星期三的晚上我有空，你能来的话在七时左右我在中山公园门口等你，最好你接到信后即打电话告诉我(星期二还是三)。

你这流动的家伙，我简直不知你现在在什么地方，害得我昨天白费了二通电话。

致好！

袁娟

6月27日

1954年××月××日

爱讨便宜的"大人"：

　　你觉得这样称呼好吗？大概是不会错的吧！

　　告诉你一件事，大概会笑我的。我在这星期中每天头痛，一用心思就更痛。其实，哪可不用心思呢？因此我感到很苦闷，恨不得有一次发泄。六日那天，实在吃不消，只得请了二课假，你想糟不糟。恰巧又是成立级会，但是我很幸运，睡了一夜，又吃了二片Aspilin（阿司匹林），居然好得多了。尤其见到你这位"大人"这样"存心"地写信给我，现在，我快乐得多了，因为头痛会引起我许多的感慨。

　　就算我体会到了你存心写信吧，高兴了？笑了？

　　到底是"大人"吧！这样的有勇气，能在二百人面

前说那种话,佩服之至。一,说你恶形①,大概是你自己的猜想吧,我连赞你还要来不及呢,希望你不断地努力,发挥你演讲的"天才"——(诚意的)。

《思想问题》②,这张电影票,好吧,我是欢迎看的,因为这部电影很好的,是吗?噢,你话剧看过吗?做得倒也是不错的。

帮我刻了一双签名盖章,敬礼!但是我的签名实在不行呢?为什么照那样子呢?真是不懂事的"大人",还冤枉了你吗?

见到了你那么端正的字,实在羡慕,又何必客气说什么有笔误啦,乱枇啦!我才这样呢,字那么草,原谅我,正字写不来。

关于我的那个学生的问题,初步地了解了一下,

① 上海土话,意思是令人恶心的行为。

② 电影《思想问题》由上海人民艺术剧院与文华影片公司摄制于1950年,其主要剧情为:1949年,上海获得解放后,许多知识分子进入华东人民革命大学,在这所革命的大熔炉里进行着改造的故事,通过三个多月的学习,这一群背着沉重思想负担的知识分子,在共产党的领导下,开始树立了革命的人生观,改造自己,变成新人。

原来是为了他的那位未婚妻是寡妇，同时思想情况不顶好，并且给他的那位拿去了，错拿来，很感不满。

〈残〉

娟

1954年9月9日

萍：

〈残〉

在二个多星期以来，都是为了搞中、小学毕业生的劳动生产及自学组织，而没有休假，平时甚至工作到深夜，日夜疲劳，像我这样的身体已经是够受的了。加以在民政中积下的"疲劳病"，终于在本星期一晚上开始病倒了。那天晚上我还到别的办事处去研究工作，知道自己不对了，就在晚上回家，害得爸妈急了一下。

病情是这样的：

除了发热、头痛外，左齿根患急性冠节炎，据医生诊断身体不好，二星期左右可痊愈？星期二我还逞强到文教科，可是心有余力不足，只得白天睡在宿舍内，不能咀嚼，不能吃饭，牙齿剧痛……真是难受，又感到很沉寂,那天去市立医院又来不及,只得在街道处花了钱去看,昨天我只得回家。

目前,发热不定时,每天早上九时左右去静安区市立医院看病,一天内上午、下午打二针 P.C……

当然,我的心情很暴躁,文教科的门是踏进了,但工作还没做过,现在又在订计划,我是摸不清路道,心里真是焦急,又是生病,这种病不像其他的病,一二天就可好,若请假不去上班,看上去不像样,可在家中又不安心。说实话,为了这些我竟哭了几次(别笑我),我真担心,工作学习(特别是对四中全会①的学习),都荒了。

评级基本结束,我定级好,22级,因家中经济需要,我仍保留25%,自己总觉得太保守了。不能再写。

此致

敬礼

袁娟

1954年9月9日于家中

----

① 指1954年党的七届四中全会。

1954年10月25日

又萍:

　　我一直在等着你的回信，在无意中我曾想着你是否会生病，果然你是病了，以后得身体保重些，别忙坏了，尤其是这几天天气特别地转凉，多穿几件衣服，知道吗？祝福你！

　　真的，太糊涂了，那么的粗心，假如你这次不写信来告诉我这件事，到现在我还不知呢？你说怎么罚我吧！我只能以十二分的抱歉向你敬礼，浪费了时间，但你那时为什么不打个电话给我呢？大概是气坏了吧！别气，下次再去看还是一样的吗？总之，你的那张小纸也未免"太大了"一点(笑)。

　　你要我写得多些，端正些，好吧，尽我所知的〈残〉

　　这几天，我们工校里比较空得多了，本来除了上午办公时间外，下午还得奉送时间处理业务，这几天可以随便利用了，看看书或结结毛线或偶尔地听听西乐（校内）……这！是表示了不好的现象，因为同学方面缺席人数已占了百分之四十以上了，簿本等比较少的缘故。但是到了晚上到是顶紧张的，大概上课从六时三刻开始要直到十点半左右才上完呢？这种教书现象，我第一次尝到，"生活紧张，终究是有意思的"是吗？

唉！身为文娱先生，你总知道的，实在有些冤枉，一点苗头也没有。加以同学做夜工的多，实在难以正式开展。但是在星期日晚上我们工校的级联会开成立大会，当然是需要节目的，那害了我，准备什么呢？除了个别请各单位外，还得自己来演节目。大合唱又没有材料，找了很多时候，才突然想到我们在新教育学院时合编的那个马头调，于是我把它改了改，再给他们唱。今天又得练唱了，我深怕着会唱哑了喉咙，实在没法。

想起张玉瑶，真有些气诉，诚意地写信给她，请

她给我唱歌及集邮的材料,她却置之不理,信也不回一封,真不配称为三年同窗,我简直不愿再问她了。

从上次你写信来给我,告诉我对同事间要掌握原则,不应重视细节。我一直是放在心里,暗中注意。是的,她们都是有优点的,但同样的有更多的缺点。现在我们之间已搞得熟了些,只是我们校内的人有一通病,拖拖拉拉的,打不起劲,只有计划而不能彻底实现。我不知在其中起些什么作用? 只是平淡地过着。

上次我们到实验工校去开会,我还以为你也来的,找了半天,原来是西区召集的,那里我碰到了苏秀初,古亚娟……古亚娟又是一身新。

昨天四时回家拿东西,本想到你馆里来,后来一想时间太紧急了,免得妈又要说,"你坐立不安",所以匆匆地拿了衣服吃了晚饭到夜校,三路公共汽车真把人挤得透不过气来,到校已是六时半了,看看桌子上仍没你的信。

不是我强说,我写信并不能说是"拖",只有上一次信是耽搁了一天才写的，"一次并不等于多次"，你的信我知道你是很存心而且很勤的，但有时也好像要等几天的，大概收发信间耽误时间长了吧！

你的信封给我们同仁见到了，都说你我的字都有些像，"长脚"，又说，怎么新教育学院出来的人字总是这样的，简直是岂有此理了。

党章暂时不要紧，最好在碰见时带给我好了！

徐连弟结婚，邱平沪还去吃喜酒的呢？

"何一心"这名字假若用的话，我太高兴了，那天回家，我问爸这名字好吗？他也说，很好呢？

你总是在晚上写信的，太累吗？你的身体是否完全复元了。

写不下了，再见吧！

祝健康！

娟

于10月25日接信后10分钟

又萍两字我简直写不来，那么地难看。

1954年11月9日

萍:

　　本星期日下午新华第一场电影我已买了二张,看吗?去的话,二时正第四门口。假如我迟到的话,也请等一下。因我们上午搞团的活动,有意见请来电话。

　　又萍同志:

　　星期日因为连看了两场电影,因此有几件事忘记跟你讲了,只得在此补说。

　　第一件最近内部要学习关于吴运铎*著的《把一切献给党》①,和《按党员的标准来衡量自己》二本书,假如你看好的话,或另外有的是好书可寄信我。

――――――――――

　　① 《把一切献给党》*,是一部在20世纪50年代就脍炙人口的自传体小说,写的是一个普通工人成长为无产阶级优秀战士的感人故事。它问世以来,不仅在我国多次再版,影响了几代人,而且被译成七种文字,在国外广为流传。

第二件：上星期四晚上党支部和我谈了关于我的入党问题，特别是入党动机，现在我检查一下工作、思想、生活方面，明确一下到底优缺点是什么……我感到很棘手，的确一时也不能检查得好，所以我想有空跟你好好地谈谈，并希望你根据平时的观察或你对我的了解程度提供些意见，你大概很乐意这样做的吧!

第三件：是你很爱听的一件事，就是你的至交——张同志，虽然我们短短的会见，但是他留给了我很好的印象，他很庄重，又很和善。是个政治修养很高的人，我为你庆贺，你有这样的一个知交。只要你虚心地向他学习，那你进步定会很大。不过我想起了"一个人给人的第一个印象很要紧"(虽然不是决定性)，希望你从他那里了解一下他对我的看法，可能你们已经谈起过了。

最后一件，是我的一个希望，就是你的身体很差，最近又害了肚子泻，所以你的冷暖要当心，但穿

得太多也不好。所谓肚子泻是腹部肌肉因受寒冷之刺激而收缩,细菌侵入之故,所以你除饮食外,多注意保护腹部之冷暖,知道吗? 小孩子……

　　过了下星期日,再下星期日请你翻阳历是什么日子,猜到的话我请你吃肉面。

袁娟
11月9日在家中

1954 年

＊吴运铎

*《把一切献给党》

1954年11月11日

娟:

　　照理现在应该睡了，但想起曾有几次想写而又未动手的信，所以想写好了信再睡。

　　星期日支撑起来给你电话后，星期一我虽然上了班，但肚泻仍在继续，一天二次，至今天还未止，面色是落色了，眼圈凹了进去，眼圈也发黑，这几天我的身体是确实搞得不大好，很糟。

　　星期日"红楼梦"后来是和谁一起去的，好不好？下一个星期日你们是不是再放假？我听有人说职工业余学校教师的学习再有10天就要结束了，是不是这样？学习结束后你是否回到文教科？

　　我这几天由于身体不好，所以工作时间内效率也不高，本来想再请几天假的，但由于工作压积如

山，有好多来件"十万火急"地催着稿，只能去上班，今天上班后中午、晚上都有会，光是今天晚上6时后至现时就已开了三个会，真是疲倦极了，但组织简报编辑又马上要上交，〈残〉

又萍

1954年11月11日

1954年12月5日

娟：

　　你到新教育学院任教我还没有给你写过信吧，虽然我曾有几次想和你在纸上谈谈，但都因为其他什么的岔掉了，因为一直未有信给你，大概你不会见怪的吧！

　　不写信给你对你也许有好处，因为这样可以免掉他们会控住信向你开玩笑了。不过话得说回来，今天我还是写了，假如他们掌住了这封信和你玩笑的话，那也只能对不起你，让你委曲。

　　星期一上午你来我处没有招待你，对不起得很。本来下午想和你一块谈谈的，但游泳票已买好，又是集体去的，因之也只能算了，下午你大概未出去玩吧！

　　思想批判已经学习结束了，通过思想批判后，同

135

志们都普遍地获得了很大的成绩，在思想上都可以说是大大提高了一步。对我个人说来，这次的学习我解决了很多问题，特别是我不安心工作、想上大学的这一点，使我开始正式地虽然还是初步地认识了这问题的本质，我感到很惭愧可耻。两年来组织这样教育和培养了我，他们在各方面循循善诱地帮助我提高。但是由于我个人主义、名位思想、个人英雄主义思想等在我思想中一贯地作崇着，因而使我两年来始终在为我的个人考虑着，希望升学，要求组织"照顾我"（虽然我在口中还未正式提出），强调其他理由，一心只想奔大学，将来可以使自己成为专家学者，可以一举成名，扬名于世，对目前的工作"不安心"。由于这些思想，反映表现在我工作上的是对业务上不肯钻研，对工作多少地采取了得过且过的态度，因之造成了工作上的不少损失，使我所负责的工作长期地停留在原有基础上得不到提高。这次批判后使我正视了这些思想的危害性，假如这样发展下

136

去，势必使工作受到严重损失，使我所负责部门的工作临于无人负责（例如在前学期，我有一度很少计划工作，因之几乎使工作自流），使人民遭受重大损失。今后我一定要下决心安心工作，搞好业务，并保证在下学期服从工作需要，人民叫我到哪里我就到哪里，绝不考虑个人利益，假如人民需要的话，我可以将教育工作作为我的终身职业。

在这次批判中，我所批判的个人英雄主义除表现在我作风上的自高自大……以外，我又在工作的另一面检查了对干部的看法。过去我一向认为，领导上在组织干部时，总将弱的分配给我；当我在工作难以展开时，我总怪下面的干部无能（虽然口里不说）。由于他们的"弱"因之牵制了我的计划，使我的工作搞不好。从来我没有从帮助别人、培养他的优点或是提高他们的业务水平出发，而光是考虑他们的缺点。

星期六晚上下班后我等你来，一直等到九点半，回宿舍还淋了一身雨。你为什么不打个电话来，你这

小孩子……（是不是我有些冤枉你，欢迎你提出意见。）

我弟弟从抚顺来信，准备在今年阴历年底回沪一次，并已于目前即开始准备工作，估计来回一次得六七十万元。家里自然也希望他来，平心而论我也是希望看看他长得怎样了，他来沪后我们一起好好地和他欢聚一下，你说好吗？

关于我们结婚的问题，我除准备了一些钱以外，其他什么准备工作也没有做，只是对某些必需的家具在思想上作了些准备而已，你对这个问题准备得如何了？

根据我算了一下，结一次婚顶节约也得花250万~300万元钱，你是否可以解决100万~150万元钱，我准备解决150万~200万左右，原则上不准备向别人借债，结婚的日期准备结合春节，一方面可以节约，另一方面也可以有空，你意下如何。

在星期六保卫处长诚恳地动员我到保卫科工作，他曾向我科副科长正式提出过。副科长表示多有任用，保卫科长征求我的意见，准备想再进一步与我科科长谈，他问我愿不愿意搞这工作。我表示本人完全服从组织上调配，领导如叫我搞，我一定全力以赴，我问他，我能搞得了这工作吗？他有信心地说："一定呱呱叫，在业务知识上我们帮助你。"反正我知道：如摆脱了个人主义后就有更大的毅力和勇敢，叫我去搞也好，技术教育也行，做人事干部也行，什么我都没意见。

　　下星期将是一个极紧张繁重的一周，我准备过了这一周，下星期日到你家去吃中饭，玩一下。

　　祝你胖一些！

又萍
1954年12月5日

1954年12月12日晚11时

〈残〉

昨天下午五时多我打电话给你，一位老同志说你不在，我以为你这星期日加班，所以未曾再给你电话。上午回家，下午回宿舍看书至四时缺十分，独自溜出去至曙光看了一场，然后又回宿舍理论学习。九时许有一位同志告诉我，你来过电话，但已迟了……

关于我俩将于一月份结婚的事，已经告诉我四哥了，给父母的通知信还未发出（已写好）。一月份宿舍大约没问题，我们这里有三个同志（男的）都准备在十二月份结婚，根据他们的经验，必须有300万元钱才能解决问题，听他们算算细账，认为很有道理，具体采办的东西咱们得筹划合计一下。（下星期日）暂时你对你方的同事可不必宣布，至临结婚时再说。

我的工作已正式确定，调至技术干部培养训练组，我们科长另有任用之谜，算是揭晓了。为了这事，两个科长还着实打了个官司，现在仍留在教育科。据四科科长表示还希望我去，我想我在技术干部培训组已可算是留定了，但工作很伤脑筋。一个组五个人三个棉纺技术干部都是专门干部，一个是复旦工业管理系毕业的，另一个是我。从本周起我已开始技术学习，曾下厂看了一下清花、梳棉机的构造，下星期要下其他厂检查工作。现在的问题是：自己不懂技术而要领导培训技术干部的工作（技术长、技师等），真是伤脑筋。

　　天气冷了，下厂时风很紧，晚上我的寝室朝西北，是有名的冰窖，我现在还盖一条被，母亲叫我盖二条被我还未执行，这二天还在坚持呢。

　　年轻人之所以可贵是因为充满乐观精神与朝气,要彻底抢毙内在"悲哀",积极争取,努力向前,不要犹豫。亲爱的同志,快乐起来吧,记住只有经过顽强斗争得来的果实,才是最鲜美的,咱们不怕已掉队,要赶上去。让我深深地吻你,晚安。

又萍

1954年12月12日晚11时

1951 年

1952 年

1953 年

1954 年

1955-1957 年

1955 年 3 月 4 日
1955 年 4 月 26 日
1956 年 1 月 2 日
1957 年 10 月 16 日
1957 年 12 月 13 日

1958 年

1959 年

1960-1964 年

1955年3月4日

萍：

　　一星期又匆匆过去了，你们那里忙吗？大概又要开始订计划了吧！我们工校里这星期上的是临时课，三月二日在他们工校会举行了开学典礼，我竟被选为教师代表，在大会上讲话，真是尴尬得很。但我总觉得跑上几次，老练得多了，可见什么事都得学习呢？唉，真是经不起磨炼，这几天晚上工作得较迟了些得了感冒，加以为了适合同学要求，天天教他们唱歌。为游行练，所以我的嗓子已变成麒麟音了，（这三个字不知是否这样写？）今天是三月四日，反美扶日大游行示威，我们区工校教师会组织了一鼓动站，设立在中山公园门口，我们在清早四点即起身，到六时集合在公园门口布置，用了一上半天的喇叭，到下午

144

一时才结束，但我的喉咙已发不出声了，回家又得很多事，所以竟从愚园路跑到老北门，你想伟大不伟大，但可把我累坏了。

我们校内因为有一重点厂，有一百多同学要求参加，所以又添设了一班，等于是厂校性质，于是我介绍我阿姨去教育局赴考，同时又有一位男先生（我们所的女先生的未婚夫），也去考的，结果呢？那位男先生昨到我们所内，我阿姨还未分配好呢？否则我们到可以一块儿工作了。

今天我碰到了三位同学，祝汉圆、时银外（还有位忘了），他们可变成了十足的上海小姐，真时髦极了。我就这么想，假若我可能变得像你所说的"变了质"，那你该有怎么的想法呢？（事实上是不可能的）。

这学期，我们校内的担任课程是以包班制，即国、算、政都由一个先生担任，我担任的是中一上，是本来一班的老同学了。我正准备这学期得好好地利用班干部来搞一下同学的组织呢！

告诉你,我们校内的办公室可实在太小了,十个教师中就有二个没有座位(幸亏其中有一个是非任教师),所以物质条件是很差的,教育局正为了我们长宁区五只工校教师的宿舍问题和办公室问题要给我们订一座洋房,在武夷路,十分之七是成功的,那里也真完备,什么档案室、卫生设备……我们该多高兴呢?

听说花竹小学中也设有工校的,我想下学期可能的话,最好调到那里去,因为我不太欢喜我现在的环境。

该睡了吧! 再见!

晚安!

娟

3月4日晚9时

1955年4月26日

〈残〉逼着我(催稿),对了！今天必须将一篇二千五百字的稿子校对修正后脱稿,据编辑说刊物就等着这篇稿排名字了,今天晚上班车又似乎非开不可,五月七日技术学习考试。

联共党史9~12章即将考试。

你看,我在向你发牢骚了(哭)。

再见吧,如星期日你放假的话就告诉我,咱们得谈谈。

晚安,祝你比我健康！

何文萍

1955年4月26日晚

不知何许时间

147

1956年1月2日

娟:

今天我们寝室里的温度中午时十三度,现在较下降了,十一度。我们的寝室是朝东朝南的,昨天我们室内家里的温度八度,清晨时四度。本来想回家后看看书的,冷得坐也坐不住,只好偎在炉子旁。我们都是寒假、暑假休息的,夏天热得室内坐不住,冬天冻得这样,真是太不灵①了。根据我们的特点,这房间真太不适合,晚上你回家坐在家中受冻,对健康也很不利,我想了半天终于决心换调它,不要住了。

根据我们的情况,今后雇个保姆的可能实事求是地说我是不会这样做的,主要是不合算。以后方来上学后回家也需要一个游憩的冬暖夏凉的家,现在

---

① 灵,上海土话,形容事物好。

的房间虽确有些优点，如交通方便，有壁橱可堆杂物，面积较大，但是除第一项以外，其他两项就都不是主要的了，特别是我们又不烧饭，壁橱内东西好好理一下是可以拿掉不少废物的，书么问题更不大了。理一下、捆一捆都没关系，而缺点都是房朝外，温度不合适。我看"人住"是主要的矛盾，"堆杂物"是次要的矛盾了。

我想与房地产公司交换住房处联系一下，准备这样提法。

交换房屋——以大换小——

西式弄堂二楼房间一组共一大间（XX平方公尺），二小间（XX平方公尺、XX平方公尺），有公用厨房，楼上有卫生设备，单独有小火表、壁橱。没有煤气。

拟调换附近地区房间一大间（二小间亦可），须有卫生设备、煤气、朝南（东南亦可）。

愿交换者，来信请注明：地址：房屋位置，面积，其他条件，经初步考虑合适后，即约时面洽。

这里面有几个关键：

（1）我们要求中地区仍在附近，如在中山公园、江苏路、武夷路一带均可以灵活考虑。有了煤气，壁橱中杂物可以大大缩小减少了，且日常生活方便多了。

（2）煤气问题上如有独家煤气设备及煤气表则可将小火表调换（或另议价）。

（3）我们的房间方向已经说及了"俱乐部正对面"，不是骗人了。

假如能按上述条件调到，则比目前房屋有利，调换的对象须是人口多的，或几代在一起不便的，否则恐不易调剂，如房钱能廉一点更好。

我想写信去试一试，成功则成功，不成功反正无害。房间将要用皮尺量一下，横与宽然后乘一下即成平方，你如能量，量一下然后填入寄出。

有三件事想提一下：

（1）不要忘了去看医生。

（2）这几天发冷讯，上午到学校去的时候穿上长

毛绒大衣去。情愿到按后脱掉,在家里如果冷也可穿上,身体已经不好了,再冻要冻出病来(冻坏了身子)。

(3)布券合并起来再剪几尺宽门面咔叽①,干脆做件派克大衣*,如衬里缺乏的话,可以将一条绿色毯子裁后做上。做任何事,事先要充分考虑,一经决定便快刀斩乱麻,毫不犹豫,否则优柔寡断,任何事都办不好,特别在目前要添置东西更不能如此。

如果做短大衣,我的条花呢卖大衣去改去也可以,里面也可衬绒夹里(毛毯也可),装上纽子。

你考虑决定后速去办。不要拖!我们目前非常紧张,将在星期六回家。

祝好!

又萍
1月2日晚

---

① 咔叽,是一种主要由棉、毛、化学纤维混纺而成的织品,通常是浅色的不同风格的布料,现称为卡其。

　　我们的电话3576268，在上午8:00—9:50或10:15—12:00较空，可以通知用。通知时告知"外科二年级4班何又萍，你姓贺"。如"何"字搞不清"贺"字也不要紧了。这个电话一般说来还是比较容易打进来的，下午也可以打。

又及

*派克大衣

1957年10月16日

娟：

离家后想念你们，主要是很不放心，天下雨了，不知道你们怎么样？想到孩子和你，心里难过得很，甚念。

牛奶送来了没有？如来了，如何吃法？我想：你去问一下你家或徐家，可否冲二瓶水，热热牛奶，我们贴点费用。总之，是请他们照顾帮助，你不要又是张飞式地直闯，要好好与人家商量。试试看。

这几天下雨，要叮嘱方来在家，出外奔跑，你多看着，淋了雨受了病麻烦大了。

方来营养如何？我想是否买一瓶浓鱼肝油滴剂给他吃，每次二滴，一日2~3次，我怕他生结核病。当

153

然也担心你，但你不听话不肯吃鱼肝油，我无可奈何。鱼肝油尽早去买好吗？

我们现在学习较紧张，勿念。

萃

10月16日

1957年12月13日

方来：

　　上星期，你没有吵，每天都是☆，爸爸很欢喜，希望这星期更努力做好孩子，爸爸带东西来给你吃。

　　　　　　　　　　　　　爸爸

　　　　　　　　　　　　　12月13日

1951 年

1952 年

1953 年

1954 年

1955－1957 年

1958 年

1月16日
1月23日
2月5日（1）
2月5日（2）
2月8日
2月18日
3月22日
4月15日
5月13日
10月××日

12月7日
12月13日

1959年

1960－1964年

1958年1月16日

娟妻：

　　我们已经在农村度过了第一天，新的生活已经开始了。

　　这里的天气很冷，主要是风大，墨水全冻了，上午想写信给你也未写成功，既使用农民的脚炉溶开了墨水，但蘸水钢笔一沾上水才写上几个字就又冻上不能写了，手也冷得麻木，不大听使唤。现已帮他们烧好饭，坐在地上给你写（地上铺着稻草），钢笔不能写就用铅笔。

　　这里寄信不容易，得跑上来回10里路，去南翔投邮，邮差每天下午来投递时，也可以托投，但我昨天下午并没有见到邮差来过。

　　我与程兰翔同住在西郊区庙头乡张仙村21号新

华农业社第十队金大壮家，你来信即可按此地址寄写，陈志强、罗大士两人住在工作队长家，吃也在队长家里。我与大家同在仓库里，所谓仓库者实际上是一所竹子搭的草棚，生活条件确较之我们想象艰苦得多，但我相信决不会被这些艰苦的生活所吓倒。昨夜七时半大家就都睡了，早晨天刚亮就起身，室内气温与室外一样，什么东西都冰冻了。吃的虽是塔古菜，(昨天中午吃的是塔古菜、洋芋烧肉——这菜是欢迎我们而设的，晚上仍是中午的塔古菜，肉收起来了，增加一个云南大头菜。今天中午吃菠菜，吃的是一饭二粥，米很好)，但吃起来倒可口。陈志强、罗大士吃得很好，队长较热情，菜也好。我这一家仅一个男子在家，我得帮他烧饭、洗碗，他不大热情，似乎有些勉强，这一些得在会后对他做些工作。

这几天由于一切都冰冻了，所以不能下田工作，昨天打扫打扫搬搬草。今天就无所事事，同志们去南翔玩去了，我就与农民谈话，做做群众工作，除我的

房东以外全部非常热情。

这里的交通非常不便,处地较偏僻,风又大,地又难走,星期日你不要来,我不久就要回家来看你。这时一般将全告诉你,你可以多写信告诉我关于你的生活、思想、学习与孩子情况,这对我都感兴趣。但是我今后可能不能多给你写信,白天干活,晚上没灯,现在写信旁边有六七个小孩在我身旁看我写,在他们看来写这许多事非常好奇,所以被我当作合子的方凳子给他们常常摇动。

我带的东西太多,太新了,这一些又是他们好奇的内容。

我们已准备即日起订阅报纸,改善与充实政治生活。

这里的村子曾毁于战火达四次,确较贫脊,卫生条件、生活水平都较低,我深深地感到我们的生活与他们相较确属过大。

他们在叫我有事了，不写了！

吻你。

你的又萍

1958年1月16日

你寄信给我只需贴四分邮资。

1958年1月23日

娟:

你处教育工会能否解决方来的全托问题，我甚希望方来能早日解决，最好在12月份即去。在家里这样带一下不是办法，望积极进行，盼甚。

近来在室内工作较多，伙食也较正常，每月又有点心，胃病已大有好转。但腰酸神亏甚有发展，睡至下半夜即疼得不能熟睡，甚苦。

昨日回家见你较前丰腴得多，甚高兴。

写信给你主要是此时想起了你，提笔写字如与你见谈，这样可慰清思。所提之言，第一桩事是最主要的。

祝好!

你的萍

1958年1月23日

1958年2月5日(1)

娟：

本月份我还有一天可以休假，原定九号那天可以回家的，由于休假人数超过计划人数(规定在一天中休假不得超过二人)所以不回来了，这一天可能择在春节前回来，也可能延至三月份。

昨天我们听了市委农村工作会议的传达，常裴财建议下放干部在春节中除年初一犹作休息外，年初二起就下田劳动，用行动来移风易俗，影响群众。另外还严格了许多制度，每年只准休假26天，可以每月休二天，也可以26天一起休息，还批评了下放干部中带饼干、鱼肝油、补品，他说这是小资产阶级的"尾巴"。对关于下放干部的有几个问题要求很高，批评得也很严格，接下来要分组讨论，主要是展开批评与

163

自我批评。

二月份的膳费已初步定为11元，这几天伙食直线上升，免费吃黄芽菜肉丝、咸黄鱼、五香煨豆……蔬菜也吃得多，换得快。主人背后表示要将吃的东西全部记账，"三一三十一"①再算账，原来如此，我的疑问找到了答案。

这里规定伙食费先付后吃，一次付清，希望能速设法将钱带给我，我回家时还要买点花生等东西，母亲处的钱也希尽早送去，他们过年要用。

这里的生活很紧张，白天劳动得筋疲力尽了，晚上要开会，衣服也没时间洗（也洗不动了，不愿洗，情愿让它脏一些算了）。我现在生活上已比较习惯了，感到较艰难的是劳动这一"关"，在劳动中有时真感到吃不消了，但还是坚持到底，今天把田手上磨起了两个泡，下午挑菜，现在肩上在发痛，手心在发烧。

①　上海土话。

没时间看书,写字怎么样?下学期决定只能停止进修了,这学期的大考又没法准备(这是我的苦闷)!

1、3、5三个晚上我要担任扫盲教师,二、四、六晚上开会,加上这几天睡眠质量不高,人很疲乏。

我托卢新司买到了一本《中国俗文学史》①(已托人送来我处了)2.2元,请你托周处长将钱带给他。母亲处的钱如你无时间送去的话,请买了定额存单(像支票一样的存单,买后隔五天即可用)亲自至邮局用单挂号(1.6角)寄去。

祝好!

何文萍

1958年2月5日晚

又:刚才局里派人将下放干部工资全部带来了,母亲处的钱我可以直接寄去,卢新司的钱请你先托人带去。

---

① 《中国俗文学史》,作者郑振铎,信中提及的应为作家出版社1954年版。

1958年2月5日（2）

萍：

我已决定去十七中学了，目前还没去报到，据说该校规模较小，仅三十多位教师，但这次反右中右派分子却不少。校长是人民代表，教导是党员，校中新教师和家庭妇女比较多。我想这次下基层真的很艰巨了，现在还不知如何着手，忙着搞小教整风，什么学习也挤不出时间，总之，自己的信心还不大足。

自三十一日讨论了我的转正问题，分支大会上是一致同意了我的转正，今日上午分支书记许道莹突然通知我去谈话，告诉我总支研究了我的转正问题，认为我的骄傲自满患得患失的情绪在一定程度上比较严重。一年来在工作上、政治热情上有了显著的改进与提高，但对思想意识上的锻炼改进不够。根

166

据八大的精神,对知识分子的党员须严格审查,因此决定延长我预备期半年……当然,这对我来讲思想准备是不足的,顿时被呆住了,思想斗争是相当的激烈,我不知说什么好。在入党问题上,虽然自己经过了较多的考验,但这次真像晴天霹雳。我想:我一年来的提高与改进难道是不存在吗?有一定的缺点是否一定要延长预备期?我更埋怨自己为什么在转正报告中这样多地暴露自己的缺点,又提得那么高(因为吸收群众意见时只是一般性的意见)……总之,我思想是不通的。上午整整谈了二小时,我表示组织这样决定,我当然不可能有什么相反意见,作为我个人讲应接受考验。现在我对这问题情绪一直很激动,平静不下来,想到就要哭。我真希望在一个知心人面前畅快地"发泄"一下。在这问题上希望你能帮助我。

这几天整周已进入反右阶段,每天要工作到十时左右回家,人很疲劳。

  今天在报上看到,郊区要展开三比竞赛,不知你们的合作社干劲怎样?计划订了没有?你星期天回来吗?早些告诉我。

  致

袁娟

1958年2月5日中午

1958年2月8日

亲爱的萍：

很难得的今天晚上六时三刻就到家了，周末照理是玩的时候，可是我只有一个人，玩也没有味，不知怎的比平日感到特别的寂寞，不得不就找了一些工作做，结果从七时到十时半，除擦玻璃窗外，整理了写字台的抽屉和几个月来积下的解放日报，等到开始写信已是十时三十五分了。

接到你来信的那天——星期五，因为头痛发泠，晚上回家时几乎晕倒，我真担心假期真的病倒了，一个人该怎么办？我们工作组的一位男同志很热心要送我到家，给我婉言拒绝了。这一晚一直做梦，梦见了你……这大概是我看了你的来信后，想你的缘故吧！

169

最近我情况很不好,主要是为了转正问题(详见是5号,写的一封信),我思想实在不通,但又怕讲了心里话,组织上会批评我。目前我思想斗争还没有胜利,我想写一封质问信给总支,你的意见如何?不过,我不希望因我的问题而影响了你的情绪。

今晚回来,据施家讲,有个王同志来说叫我将三十元钱带给家里,我真不明白是怎么回事?究竟你寄去还是我拿去,我想他们总不见得那么急用,何况我明天也没空去,还是等你到上海来时带回家也不迟。挂号信我说没有寄过,也不愿去尝试。假如你寄去不方便,而又一定要快些寄去的话,你再写信通知我好了。我这样想法的主要根据是今年提倡节约,过年不必过多的用钱,所以你负担的三十元钱应放在下半个月用,何必这样急呢?卢新司的钱我已托周处长带走了。

这个星期天整天休息,我准备去替方来买件呢大衣,休息休息,再清理一下思想,我还想去烫发,但至今未决定烫不烫。

"过劳动关"的确是不太容易，开始总是比较艰巨，慢慢会习惯起来的，萍，你一定能过这一关的，只要你能坚持下去，不被困难吓倒。

我现在越来越感到我这次没有下乡很遗憾，总之，我最近的心情是不大正常，一个人斗争着、痛苦着……

萍：你这次什么时候回来，请告诉我一个具体的日子与时间，我大概在十七号开始休息，教师休息到廿号，我们工作组同志在这四天中要开几次会，不可能全部放假。

萍：请允许我因情绪不好，而致在语句上可能有不恰当之处。

送钱去的事，我不是不肯去，而是感到没有这样必要，同时我身体也很不好。在写信时又好像要吐出来，恐怕明天又会生病了。（我明天打电话通知你哥

哥关于送钱的问题。)（这次一共寄上二封信，因5号的
一封信没有时间寄搁下来的。）

　　致

　　好

　　　　　　　　　　你的娟
　　　　　　　1958年2月8日晚11时在家中

　　我把《解放日报》都理好的，选择有些重要社论
与参考资料留下，其他想去卖掉，你看可好？

1958年2月18日

娟：

　　看了你的信感到非常满意。今天为了拖肥料，徒步拉了车子到徐家汇去拖了几百斤牛粪，来回约有80里左右，走了十一个小时，疲极，不能支持写长信了。

　　关于周日领方来事，有点建议：是否你在下班后即去领方来，然后带他到你机关内吃晚饭，我六时至六时半必回家（规定下午四时离队），你可将孩子领回家。究竟如何，请你决定好了，反正我回时必先到家。请留菜关照。（这样的好处是：你可免得多往返一次，孩子不致等得太久，不思。）肉就买些肋条或夹心吧，你如爱吃排骨，买排骨亦可。"红旗"买好了没有？

　　　　　　　　　　　　　　何又华

　　　　　　　　　　　　　2月18日晚

1958年3月22日

娟:

又将是星期日了,大概你要加班吧?这几天天气时阴时晴,今天下午我搞了半天河泥,裤腿捋得虽很高,但身上、面上,甚至头发、嘴里都搞进了不少河泥,人很有些累。

同我一起下放到农村的有一位仇甲钢同志,他是局财务处的,父亲本是中医(已亡)。他下放后与我住在一起,劳动也在一起,相互关系搞得较好。他自己也会些医道,能诊脉开处方,(他讲得有点道理),他的亲戚都是中医。在前些时,他告诉我他已决定让他弟弟停止读书,去温州舅父处学医了。他舅父是温州名医之一,他弟弟初中毕业,我倒感到学中医非常不错。今天上午他告诉我,他弟弟已动身去温州了。

174

当时我就想到，如叫梅芬学中医倒很不错。说实在话，假如可能的话，叫我去学我也愿意干的。后来我们二人正式地交换了意见，我惋惜的是：他表示如我要介绍一个人去温州学中医，他可以保证没问题（他的亲舅父），要学的话只要他去封信去温州联系一下就行。学习期内膳费等自理，住在他舅父家里。他舅父人很好，没问题。仇甲钢为人是稳重的。但问题在于梅芬的程度恐怕太低了，同时我又想起了你姑父家的三妹，不知姑父愿意否？我曾向仇试探了一下，他说也可以，但是要用功一些，问题也不大。三妹现停学在家，假如他们要的话，我倒可以关心一下。你可问他们一下，但事不宜"拖"。

在这里已是万象回春了，清绿宽阔的田野村舍，一望无边，空气里充满着新鲜的泥土味和香都温润的蚕豆花香。这里的景色与二月前寒风凛冽、逆风号野的景色相比已完全不同了。下周日如我不回沪的话，你倒可以带着方来到我处来玩，交通也是很方便

175

的,只要62路公共汽车下车后,花2角搭脚踏车来就行。

今天我们的"三人伙食小组"买了574斤柴,这些柴是便宜货,较市场上去买便宜40%左右(社内配给的,这一家要等钱用,故让出)。否则我们不仅柴不够烧,而且买也买不到了,这574斤柴大大地解决了我们今年的"柴荒"。根据我们的开支情况,这个月的现钱多付了拾多元,假如你处有钱的话,下次来,带点来(拾元左右)。

方来的照片最好能早点寄给我,我急切地想看到他的这副"尊容"。

你的避孕检查不要再拖了,快去!我不同意你安装子宫仪,这对人体有害。我要你检查的是量一下子宫口的大小,以了解应配"子宫帽"①的号数,以便我们自己施用,我已催了你多次,娟,可不要再拖了。

你是可能被派往外埠的,我希望你不要去。你不

---

① 橡皮膜的,施用时放后,第二天早晨取出,安全性最大。

176

行的，无论在体力、旅行经验等各个方面。这一点应对领导实事求是地谈清楚。

没时间再写了，望：

(1)三妹事问后早日复。

(2)方来照早日寄来。

(3)医生检查别拖。

(4)早日来信。

祝好！

又萍

1958年3月22日

1958年4月15日

萍：

不知怎的在今天回家的路上突然想起了你，真希望你已到家，从外面可以看到我家的电灯已亮了……其实，我真是傻瓜，你哪会今天来呢？想到了你，就写封信给你。

这几天发生了二件不愉快的事情。首先我去函授部报考的问题预计要宣告破产了。情况是这样的，当我将学员报考申请书送给教育局组织去盖章签名提出意见时，局领导认为我已不属于教育局编制，很难提意见。当时我很冒火，我说："我目前还未向学校去报到，假若要学校去提意见盖章，那显然是不合理的事，也是不切合实际的事，而教育局又不肯提意见，那不是把我当皮球似的踢了，我吊在中间真倒霉。"

当时也不了了之。后来我写了一张便条给区委文教部干部科科长征求她的意见，隔了一天，那位教育局管人事的科长对我说，公章可盖，局长私章可不能盖（因函授部规定是要盖的）。我就把那张申请书交给了他。他到了星期一又说，这事得与区委联系。根据目前联系的结果，据说工作忙，时间无法保证，肯定不盖，待干部科科长找我谈后再决定。因此据我估计去函授学习的可能性很渺茫，这样也引起了我一时思想上的波动，倒不如早去学校，问题恐怕可解决了，吊在当中搞运动真倒霉。现在我的态度是这样，能去就去，不能去的话，今后争取读进修学院的政治科。

　另外一件是关于生活上的事，隔壁阿姨回来后，开始二天我把热水瓶放出，第一天由她冲，第二天是我冲的，到了第三天，她跟我讲："她的女东家问了几次这热水瓶是谁家的？"（其实她小气，知道是我们的。）要我再和她讲一下"我早就和老苏讲过，因碰不到她面，所以没直接谈过"。这天晚上我十时回家时，热水

瓶不给我冲，害得我喝开水也没有，早上又洗冷水面。我又问及这事，她说："女东家回来早，要我快些熄火，来不及冲。"看样子，由于东家的小气，佣人的跟随，再叫她们冲水太"厚皮了"，所以从今天开始得靠自己辛苦些，若实在来不及的话，就只得用冷水了。这些不够交情的吝啬鬼，以后再也不要去请教了，算了，这些是生活上的琐事，不去多提。

4月13日星期日上午工作，下午陪方来（母亲也去）去儿童公司换了一双比较称心的红色镂空鞋，说实话，方来穿这样的皮鞋是再合适不过的。因他脚背太厚，穿系带的穿不进。妈妈坚持要买红色，又花了九角九分钱买了一双紫红色灯芯绒面、雪白布底的布鞋。妈妈将二星在春节时寄来的钱去买了一件夹衣料，我替她买了一双五元钱的皮鞋，不是真正的皮鞋。从四时出发一直到六时半回家。一路上方来很受路人的赞扬，都讲他眼大神气，人又胖……但抱他真吃不消，他外婆的手由于抱的时间长而发酸。这一天方来真开心，他见了一下南京路的世面和乘车的味道（前一时期四号乘41路车去上学，方来总是要跟着去乘，有时还要哭着跟着去）。

最近不知怎的人很疲乏，晚上开会穷打瞌睡，真想多睡睡，大概是在外面跑得太厉害的缘故吧！

我的二件雨衣去洗和上胶了，在人委隔壁的一爿站里，每九角钱一件，你的那件要上胶的话，下次来上海时带来。

等着你礼拜六晚上回家。

祝你晚安！

你的娟

于1958年4月15日晚10时

1958年5月13日

娟:

我们家乡有一句谚语"越吃越馋,越睡越懒"。真是一点不错,休养了几天,人就懒了,拿不起笔来写信,有几句话原来打算与你通了电话了事的,由于打了几个电话都不通,于是又写了这封信。

上次你来,我忘了问你,二星回来了没有?"大概还没有回来吧!"我在估计,否则你不会只字不提的,但是按情况分析是一定回沪了,情况怎样?

现在按你提的几个问题作回答:

一、方来的托儿所费,按规定是可以报销的,你可以和学校联系一下。

二、粮票我已缴给了休养所一部分,希望你再给楼下那位五同志10斤粮票请他带来休养所(如不带也可以，我回家时来拿），其余的30斤便时请带给虹口。

三、休养所有规定休养员每周只准出所二次，每次不得超过一天，不得在外住宿，但是有些如诊病等可以请假，根据我来所后几天来的了解，一般的休养员二次休假都是回家住宿的，这项制度实际上已是名存实亡了，会客制度虽规定在每天下午，但实际上也是全天会客，有些家属清晨来，中午在林子里野餐，傍晚才归。

四、永生①有毛病，我回家时修修看，你可旋去笔尖、笔舌，在清水中吸几次，可能是淤塞了。

五、脚桶数箍上次我在家时已看出了，不必引起不快。

六、我的吃饭已解决，现在大桌子上共餐，每顿菜吃不完，体重已增了一斤（一周的休养收获）。

七、饭费暂时不急。

---

① 永生金笔是那个时候很受欢迎的墨水笔品牌。

在休养所里待长了就感枯燥单调，我现在已开始了对于下学期新学课程的进修，准备在这一个月中将《文学概论》看完它，这样可以减少一些回乡后的学习负担。

我住的这间房间晚上闷热异常，比我们的那间房间还不好，下了帐睡，一倒下去就一身汗，昨晚他们都就寝了，我独自一人在阳台上坐了一个多小时才睡，楼下就凉快。

你问我什么时候出来，我每天可以出来，不限于哪一天，看你的，你可打电话来约我。

要吃饭了，不写了。

好!

常常怀念你和方来。

萍

5月13日

1958年10月××日

娟:

讨得了二张信笺来给你写信,你看多郑重。

由于时间已不早了,所以准备字迹草一些,可以不太影响睡眠时间。

下乡后已有五天了, 在五天中由于同志们的照顾,特别是老天的"照顾"(几天下雨不能下田)所以虽说是每天劳动九到十个小时,但是都不大疲劳,其中有一天半在田里采棉花, 其他的时间就全部是挑选棉花,都是最轻的劳动,现在只半天睡,就要抓紧下田摘棉花,否则要成黄花了。

食堂里对我也有了照顾, 昨天中午大家都吃辣椒炒豆腐干肉丝(五分钱),炊事员同志就替我的一盆不加辣椒,其他的菜虽然"艰苦"一些,但吃来也很

有味,吃的真多,下乡几天后每天吃蔬菜,想想红烧肉的味道一定不错。

我除偶有胃痛外还坚持得了,你的无微不至的关照一定严格执行。

今天的政治学习讨论的是关于在农村安家落户的看法,现在各个生产队的下放干部都在讨论这个问题,并张贴决心书,各个下放干部都在表示决心。成立人民公社后,工农商学兵行行都有,各种人才种种皆需,但是估计我们这个公社约有4000个左右的下放干部,不可能人人留下来,也必然有一大批人要留下,我表示的决心是肯定的,假如要我留,我决不摇头(事实上留下来确实不错)。我们下放干部中有的人已经开始正式在公社内任了职(过去是一律不准的),任了职的一定是留下无疑的了,留下来单单劳动劳动做社员的可能是不大的,主要是做干部,为什么在现时集中讨论这个问题,这说明了工作任务增加了。

1958年

现在我们成立了公社叫"长征"人民公社,有12000户,加上一个真如镇,有五个多曹杨、真杨、交通、党头、蒲江五个多,工厂也有一些。我们队里明天要成立业余中学了,筹备工作他们都已做好了,我没有什么工作,这也是他们对我的照顾,现在要搞突击深耕土地1.5~2尺,民兵队也成立了,我是基本民兵,以后每约10天晚上要放哨一次。

又萍

1958年10月

1958年12月7日

娟：

　　昨天下午原来想回沪来见你一次的，因为农民体育运动会开幕，我有一张票子。刚换好衣服要动身，大队里来人找我，叫我马上到嘉定县①参加会议。会议要开四五天，大队里的汽车已经等好了，送我去。我立刻打起铺盖，匆匆地卷了床上所有东西，背了个帆布背包急长长地上汽车，一直开行了几十里路到了会场，赶上了报到时间。

　　我的住址是嘉定城内合作干校宿舍，会议每天在人民大礼堂内召开，早晨六时起来直到晚上九时半

---

　　① 嘉定区位于上海西北部，20世纪50年代起，被命名为"上海科学卫星城"，1958年1月经国务院批准，嘉定县从江苏省划归上海市；1992年，撤县设区至今。

散会。所以很紧张，但比起队里工作又轻松多了。

在会场上碰到一个局里的下放干部，他说纺织工业局已在办全托托儿所了，并有优先照顾下放干部子女之说。据说设备是比较齐整的。一清晨我已写了封信给局的办公室主任，不知回音如何。

怎么样？这几天身体好一点了吗？今天在嘉定兜了几个圈子仅买到了冠生园*饼干，吃了几片，硬而无味，远不如上次买的"香草"味佳。近来饼干内掺山芋，故不发松，家里的饼干是十月下旬买的，故无山芋，味自然香松。这里有兔肉松，三元多一斤，不知你喜否？我想买一点给你好不好？昨天晚上参加会议的全部看了《党的女儿》①，感人至深，好几次眼泪几乎夺眶而出，真好。

嘉定，你比我来得早，城容、印象，自然毋庸多

---

① 《党的女儿》*由长春电影制片厂拍摄于1958年，导演林杉。电影讲述了三位坚强的女共产党员自发地成立了党小组，领导群众坚持斗争，最后英勇就义的感人故事。

讲，但总的说来比我预计的要差。电话能直通上海，会议结束的那一天我准备到邮电局打个电话给你。过去嘉定打上海要算长途电话，现在就只要包五分钱。会议时间排得真紧，否则我真想回家一趟。

是代表，就有些优待，今天中午吃了顿红烧肉，明天可能再有电影看。但晚上小组讨论时脚下奇冷发痛，棉鞋又在家里（需打前掌），穿了球鞋真不舒服之极（又湿又冷）。宿舍倒还好，虽简单，但能安静明亮，就是同室的二位都抽烟，有些烟味不大舒服。

如你胃里反酸过大，可吃二片"胃舒平"。写字台上有。虹口的钱我已寄去了，你不必再给他们。

星期四，可能是星期五得回家，理由是要到纺工局去一次，还准备去一次进修学院，星期日他们不办公，是下意见如何？

得开会去了，本来还可写一些的。

为我们未来的可爱的小女儿祝贺，祝她健康活泼和具有像她妈妈一样明亮的大眼睛。

190

为未来的新生命而幸福而笑，她有权利生长，我们有理由为她而高兴。我们今天日以继夜地工作，我们现在憧憬的未来，一切将来光明的日子都是她的，我们为她祝福。

亲爱的，感到幸福吧！孕育着新生命、创造着新生命的使命不是痛苦而是光荣和幸福的，肚中的孩子在她将来的几十年的生活中将要永远想念着你，感谢着你赐予了她以生活和幸福。

吻你！

你的爱你的萍

12月7日

昨天玩得怎样？方来身体怎样？淘气了没有？

我终日跑来跑去，邮件投递——主要是给我的信——不便，一般的事可不必来信。

* 冠生园广告

*《党的女儿》海报

1958年12月13日

妻大人:

人真是一个矛盾而奇怪的复合体,在星期日回家时则焦虑于学习,匆匆赶回医院了,而来到医院后又懊悔,一周只能回家一次,没有好好地处理一些家里的事情。

昨天走后独自到邮电总局买了一些业务的参考杂志共花去了一元钱,之后淋着了一场雨弄得很狼狈,到虹口时已是12点余了。在妈处吃饭,妈特地热了白炖肉,结果一口气吃了10多块,今天感觉大便大大"畅快"了,你看,没神气的人到处没福!

昨天回家弄得不大愉快,主要是因为方来磨牙、咳嗽及你的啰嗦①使我十分烦躁,一致未睡好,早晨又

---

① 20世纪50年代用词,第一次文字改革,正确用法为"罗嗦"。

未睡熟,中午又未睡着即来医院缝被子。因为技术太差,不慎折断了针,而且右手第二指刺出了泡,一共缝了足足二小时(2~4时)才缝好。想想平时看你们缝被子真是看人挑担不吃力,这一次算是尝了味道,可见"王老五"的味道不佳。不过话说回来了,昨天努了一下力,不仅缝好被子,而且看了好多个疾病,将小儿呼吸系统疾病全部温习了一遍,还算值得。

下个星期日我想好好在家里待一天,不过,希望你别老是嘀咕,过去你不大嘀咕的,也许是年龄特点之故吧!"笑"。你如不嘀咕,我就多待一会在家,上午劳动,下午安心给我读书。

我准备这星期六下午即回家,3:00左右到家后去买好小菜(第二天不去买了),去买点旺火柴及爆饼。并且,如来得及即去配好玻璃窗上的玻璃,不配好,家中实在太昏暗了。同时,星期日计划洗二条被单(雄心大志)。对你有二点希望:1、希望在星期六先拆好二条被头,放开被单,我回家后可知道,或者告诉我

先洗哪一条被单，准备星期六先浸在水中浸出些脏水，星期日再用肥皂粉泡一下洗净。2、买一包肥皂粉。

另外，家中堆在外面的衣服太多了，我想请你将目前不用的衣服理一下，一并放到樟木箱里去，木箱内空空如也。这样大橱、五斗橱可以空一点。我们在星期日扫除一下，因为直到春节前我都逐渐地忙起来了，31号改儿内科，5号妇产科，8号改儿外科，9号后才能回家。

方来的伤风严重否？如严重，可在写字台上的药包中取P.P.C一片，睡前吞服。并给Vitc一天2~3片，给服可提高抵抗力。如咽痛，薄荷片含用。咳嗽给止咳药水，一日三次，一次一浅匙。关于磨牙问题，据文献意见均认为是由于植物神经不平衡引起，可由于肠道寄生虫产生毒素刺激中枢神经后引起，佝偻病、先天性植物神经不平衡，精神过度紧张，恐惧等引起。现在，虫症是基本可以排除的（曾服驱虫药未见虫，大便浓缩集卵试验无虫卵），不会生佝偻病的，那只

196

有后二个原因产生的了。有报告,在小儿(易紧张类型)功课紧张、紧张性游戏(捉迷藏、追捉人)、看戏(紧张情节)后可有磨牙剧烈、遗尿等产生。你可注意一下是否在看戏后,功课紧张后,责备后磨牙增剧。如你某一天回家得较早的话,可必晚饭后(6:00)即给服Luminal药片一片,小药片仅"O"大小,我在写字台上也有,药瓶已略破,有写明Luminal的字样,成人服二片,8岁小儿只能服1~1.5片,给服一片后即可在0.5小时~1小时后入睡,是夜可睡得较好(无毒害),神经镇静后看是否再磨。如近来伤风不舒服可与P.P.C,咳嗽药水同服,可提高对疾病抵抗力,服Luminal后可睡8~9小时,故不影响第二天起身。

你自己身体怎样?建议你自己注意健康,买一点饼干备晚上吃。

方来伙食不好，你替他买几种咸蛋或买点肉松给他好不好？星期六我陪他吃顿饭，据说上星期六晚饭他仅吃了四两籼饭，未吃小菜。

说好，饭吃过了。

又萍"鞠躬"
12月13日看书开小差时

1951年

1952年

1953年

1954年

1955—1957年

1958年

1959年

××月××日
1月31日
2月17日
4月6日
5月25日
5月26日
9月9日
9月24日

××月××日

1960−1964年

1959年××月××日

萍：

一周又很快过去了，今晚有空想写上几句。

我们的宝贝儿子——方来，最近身体一直不大好，常咳嗽，胃口不佳，上周在隔离室因吵得厉害又回到班上。至今未好，这样他就很会耍脾气。因托儿所要换薄被，周日设法和外婆商量后，暂时借用了一条。因此周一早上是殷妈一起去托儿所的，小孩用的棉被实在不够，得设法买一条才是。

最近妈妈跟我商量关于用保姆的问题。假若我产假期间或以后要用的话，暂时殷妈不回掉，因以后长期户口很难雇，照家里的经济情况不可能一直用下去。我也很犹豫，若目前即回掉，怕以后用不到，不回掉开销大，我是这样讲的："主要根据身体条件来

202

决定,可以支撑不须用的话,回掉好了。"因我想为了接上产假期,多付二个月工资我吃不消。你倒可以考虑一下,在产假期内是否要用保姆,用怎样不用又怎么办? 写信告诉我。

目前因审干工作面临结束阶段, 故工作较前松了些,现周末及周日一般是不办公(当时有大会是例外)。平时晚上1、3、5自学及讨论,我因大肚子,回家自学条件又好,故有时是吃好晚饭即回家,今天就是这样。关于工作问题,区委干部科一同志已给我明说,大概是下学期去学校,一方面工作需要,同时又照顾了产假,我想这倒也好,免得〈残〉

娟

1959年1月31日

娟:

来信悉。

我按原定休假日期在星期日公休,既然你休假四天,那么我也从初一休至初四,初五回多,将方来初四早晨送托儿所,我们可以自由活动一天。

你在年三十下午可否早些回家,我估计在年三十下午三时左右可离多下,至少须在五时左右到沪,又得剃个头,所以最好你能生好一只炉子,我回家时将带来一些蔬菜,炒些肉片炒年糕(年糕、糯米我可以买到),再弄些菜就行了。小年夜时在你家里,如弄得到再搞些熟小菜更好。

方来的套衫不一定再叫他外婆做,添她长了,去买件现成的棉袄算了。方来最好买顶帽子。你应该放弃你的狭隘的爱好，从实际出发。荤菜不知有多少吗？如有半只鸡宁愿买鸡，烧些鸡汤可给孩子滋补。如鸡的量过少，那么买些猪肝给孩子烧粥、面吃，当然猪心、猪腰也可以，但不如上二样好。方来的肉票你可先买，现再寄给一张肉票一起买掉，四斤优待票暂时不买了，反正不会过期的。菜可在吃时烧新鲜的。过去过春节先吃陈菜没味道。当然在年三十团圆，先烧一些也可以的，烧菜的时间倒不必愁。

羊毛毯就买杂黄的吧，(上次看的)话剧票不要，《共产党员》不知是初几的，如初一、二、三的就不一定买了。是否买些年初四的戏票，宽银幕倒有兴趣，只是孩子怎么办？总之孩子问题必须考虑。还有，我不知道孩子回来后有无被头盖。

现在我们在听魏文伯书记的报告，年三十下午可能是打扫清洁，这样我们将在中饭后即可离开乡下，但不一定。

　　黄芽菜已经割卖完了,将带些其他菜来。如有空请先做些家庭打扫工作。

　　又:我的衬衫不知有无清洁的。

　　就这样吧!

　　祝好!

又萍

1月31日

1959年2月17日

萍：

真不巧，因今天在外调，不及赶回来碰到你。

你所关心的事，我一一向你汇报：

方来已于本周一送托儿所，因天下雨，由外婆一起送去。这小家伙很聪明，一到托儿所门口见了几个小朋友就不肯进去，后勉强抱他进去，只是一副生气的样子，但未哭。后由阿姨热情地欢迎，抱了他，他虽不乐意，但也未发脾气。事后据了解，方来较能适应集体生活，一般讲不是太吵，情况正常。我所担心的晚上睡觉问题，大概也不太成问题了，周四回家倒可再考察一下。

年糕，不是你放在台上，我真不知道。说实话最近太忙，总是从早到晚，这些事都忘了，既然你指出，我遵命抽时间，搞搞清楚，当然量力而为了，可能

不能如你的意。

　　五香豆很好吃,可惜最近嘴巴里有些碎(在舌尖上),我克制自己不该多吃,所以要不了半斤,四两即够,你放心好了,不会吃光的。

　　买肉问题照办,但不知买排骨还是精肉,方来的肉票*要交托儿所不能买。

　　另外,根据托儿所规定,一般在周六下午去领小孩,但也可吃了晚饭去领,我决定吃了晚饭在六时半左右去领。每周六晚上我们是学习时间,带了小孩会影响学习不大好。我希望你在不影响制度的情况下早出来的话,你去把方来领回来。若不行,你回家后再将方来带去,那我仍可安心学习了。你看可好?

　　说实话,我很惦记方来的生活情况。当然你的也不例外。(《我的一家》*未看,如期去办了续借手续。)

　　致礼!

袁娟

1959年2月17日晚11时

*《我的一家》

* 20 世纪 50 年代上海肉票

1959年4月6日

萍:

你的来信早已收到，拖到现在才给你写信是因为没时间。请放心，我的身体很好，吃得下睡得着，只是因最近菜场供应紧张，几乎是天天吃蔬菜，感到很无味，我生怕自己的营养会不够，不知你们乡下最近的伙食怎样？

方来最近对托儿所是渐渐习惯了，周一送去时，除了情绪上不太高兴外，也不哭，只是发嗲要抱，不肯走。（这一点目前我尚可胜任，再过一些时间恐怕不行了。）你下乡的第一个星期六是梅芬去领的，很不巧，当晚发烧，害得他祖母有半夜未好睡。周四去看病说是支气管发炎，又是吃药与打针（是你留在虹口的药）。这一天小家伙情绪很不好，周一热度已退，带了留下要打针的药到托儿所。这一周来已恢复健康，不过由于太顽皮，在户外活动时跌破了脸（已好）。星期六我因晚上要开会未去领他。周日早上吃过早饭再去领，因要办公只得拖着走，当然这样对办公是有些损失的。这一次周日小孩过得很愉快。

最近比较伤脑筋的是母亲的病势突然加重，病情是这样，右脚发僵不能很自然地走路，天天晚上出很多冷汗，全身无力。根据医生诊断是高血压，心脏扩大及坐骨神经痛等病。目前根本不能从事家务劳动，请隔壁的"外婆"在家做"临时保姆"，所以家里很乱，经济上又成问题，每次看病得四元左右，而且一时又不能恢复，家里事务实难安排，但又请不到合适的保姆，你看多突然！

你托我的几件事保证办到，做的裤子一定在你来沪前去取好。关于储蓄所，我已去问过了，定期的即使过时，利息照拿，故未取出。

二星上周日作了第一次关于半导体的报告，下

周四还有一次，时间早上九时在南昌路47号，科学会堂。这里由上海科协物理学会与技术物理研究所举办的半导体系统讲座，自4月5日至5月24日每周日都有，有空的话倒可去听听。

我真担心，第二个孩子生出来怎么办，不然母亲家里可住住，这样她一生病就不行了，以后又怎样，加上方来每周须接送，这些问题真难解决。这样就会想到，也许你回沪后可解决问题。你倒也该为我有些打算。

我右脑上的青筋跳得越来越厉害了，多站了就发困发热，好像皮肤要破裂似的，我准备明天去看一下。

这次周六不知你什么时间回家，若是不行的话，我在五时半下办公后去接方来，在七时前我等在家里。可好！

因睡在床上写信，很吃力，要睡了，好多话以后面谈。

致好！

娟

1959年4月6日晚　床上

1959年5月25日

又萍：

〈残〉

大了肚子去"上任"也难看了。

你最近工作、学习、生活等情况如何，很惦念。说实话，我真想有一天能庆祝你下放回家，能天天见面呢。不过，我最希望你能在我产假前回来。当然，这仅是期望，事实如何，还得由组织决定。

这个月我付了二笔饭费（因人委里先吃后付，学校里先付后吃），又加上买了脚桶，故钱也没有什么了，本想给你买汗衫、袜子的，你不在我不敢自作主张。

本周你回家来，我想我们筹划一下，在生产前及方来等需买些什么？

周六托儿所开家长会，时间是不长的。方来我去

接的,你在六时半以前回家的话,看到我们还未来,那你来接我们,天好一般是步行,好吗?

关于雇保姆的事别忘了,写信告诉我,因快要决定了。

致好!

袁娟

1959年5月25日于家中

1959年5月26日

娟:

我离家已有十天了,你工作愉快吗? 身体好吗? 胃口怎样? 伙食合乎口味吗? 特别使我关切的是:"静脉曲张"是否有加剧现象?

不知道你们是怎样度过上一个周日的, 孩子是什么时候去接来的? 吵了要爸爸了没有? 你们在周日是否到恒丰路去的,二个人吵起来了没有? 但愿没有。

上个周末我在劳动时候心里老惦记着你们,精算着你们五时半时候大约将下班了, 方来正在托儿所里翘望着你的光临,六点钟的时候,我就想你大约已到托儿所了, 然后二人沿着托儿所的林荫道愉快地出来,孩子必定是较为规矩的,但是满心高兴地走着, 糕饼买得了没有? 六点半是我们走着略感疲劳的步

子收工的时候，我在想你们在这时也正要到家了……于是花皮球、阿鸣、布娃娃，晚上伴着布娃娃同睡，第二天大约是在外婆家过的。星期一早晨五点钟，我们出工下地了，太阳正在轻带晨雾的原野地露出来，周围都是寂静美妙的。孩子大约正在做着甜梦，当太阳爬上树梢，我们劳动正紧张的时候你们醒了，然后是你的熟练地紧张地穿好孩子的衣服，给他调好奶粉以后，一起各上各的"班"去。虽然我在乡下，但是一闭目你们的各个富有特色的行态举动，都能在我的眼前浮现出来，从而使我充满了幸福等等的回忆，忘掉了疲劳。

你的身孕已经不小了，我希望你接到我的信后，最好立刻打个电话给牛奶公司。听说近来天气热了，牛奶较为易于订到。现在订了牛奶能补助于你近来伙食之不足，待孩子降生后就可以给你自己饮用（如带方来时一样），我在今后给孩子饮。这件事我现在想起来觉得越来越迫切重要了，希望你接受我的这个建议，立即办一办，切要。切要。如一时订不到，登

216

记起来也是可以的。

你的妈妈病好些了吗？真应该去望望她。

我近来身体比较正常，没有什么病痛，只是在前一些时期乡下在搞节约粮食，我们一个村子共要节约八百多斤粮食，总数减了，各户各家必然得酌减，有几家人家骂我们，使我有些小小的不快，这些事现在已过去了。蚊帐的竹围在乡下找到了，已经帐了起来，只是帐子过分旧了，千疮百孔。大约是帐子小，我的身体过分长，蚊子可以从容地进出，竟然猖狂地大举向我进攻了，晚上"挨打"了几次。昨天就下决心缝补，补了几个洞，但夜里仍不时被咬醒，半夜里没法只能睡到陈志强床上去"避难"（昨天他回沪休假）。于是今天继续要补帐子，原来昨天只补了铜元般大的洞，如蚕豆般大的就不及补好，而蚊子总比蚕豆小，这是我犯了麻痹轻敌，对敌估计不足的错误，活该活该。照说应该买顶新的了，但是有无这个必要呢？近来劳动已紧张了，工作时间上午五时至下午六时一

刻(中间有二个多小时吃饭休息),四点多得起身。蚊小猖獗,大害大害。

我们队里有一位贫农,过去是半农半猎的,大前天利用休假去打了一天猎,捕得二只小猪獾,回家剥皮红烧后,半夜里轻轻地送了一大碗红烧肉(真是一大碗)到我宿舍来。那时我已睡着了,他妻子叫开了门,一定送给我吃。第二天我们几个下放干部大嚼了一顿,真是非常鲜美,闻奇味谓之"山珍",今日信然。以后如有便我带点来与你们同享如何?这位贫农经济困难,但如此热情,真使我非常感动。

今天下雨,田里不能做,就在宿舍里读读苏联文学史,还有:写几个字给你。

星期六我必归,去托儿所带方来的任务交给我去完成如何?

祝愉快。

又莘

1959年5月26日星期二下午

1959年9月9日

春娟：

已到乡了，是离家后当天就出发的，虽步行八小时，但精神仍好，第二天照常工作、劳动。我的"硬"骨头对这一些锻炼是不在乎的。

这里一切均好，至少与张仙村相较的话。

最关心的是妈妈开刀后是否愈合了，方来晚上吵得凶不凶？奶奶情绪稳定了否？希望你打个电话给爸，代我慰问一下妈，拜托拜托。我十月十日回市。

你产后身体不好，望保重。小妞儿的头，如有精神，带她去医院诊一下。

娟，空余不多，恕不琐言。

祝好！

何又萍

1959年9月9日

蓝色的爱：真诚

1959年9月24日

萍：

今天下午回恒丰路家，接到了你寄来的15元，真没想到你会寄钱来，我猜想是否领导上关于你们的调干待遇已经批下来了，要不是暂借的22元中抽出来的？

本星期二开始我已住愚园路家，第一天去整理了一下午的房间，怪吃力的，连手上的泡也磨出来了。但总算像样了，心中也怪愉快的。

这几晚一个人住着，真是怪寂寞的，想工作，想你又想孩子，所以一个人好似神经质般地总得在十一时以后睡，且整夜的乱梦，感到人很疲乏。目前我有一个不正常的现象，奶还未断月经却来了，这情况生方来时也有的，据医生讲是人乏，我得设法去看看

220

医生吧?

这几天思想斗争特别尖锐的是关于孩子的带奶问题。现了解学校附近有一托儿所,是工厂与里弄合办的。这是倪永如告诉我的,她劝我自己带奶。不知道这事倒还好,知道我真跳起来,想想是应该自己带,理由是自己有奶,同时你去读书后经济困难了。可是矛盾又来了。目前因有了阿姨,虽自己奶未断但不多了,怕自己带不够吃。又想到若要开会就要好好安排,不是早送去就是迟接回来,而且天气渐趋寒冷,早出晚归,又要晚上喂奶。一下班,晚上的时间就得消磨在带孩子的身上,这会影响你我的学习与工作(可能处理得好不会)。而且天冷容易生病,病了怎办?总之,经济问题可以解决,但具体问题还是蛮多。为了这事,顿顿吃饭在想,一空下来又想,又没有人可商量,光自己一个人苦闷,下不了决心。想想你谈到家里应该艰苦些,却为了自己能摆脱孩子与家庭琐事,花了大的代价雇用奶妈,而将大孩子的带领

不闻不问,岂不是不应该。总之,矛盾重重,想到了就会流泪。现在最好你下个决断,是自己喂还是用奶妈,现在决定还来得及。若自己带,那我们2人如何合作,你是否能助一臂之力;用周奶妈,经济问题是否安排妥当。自己带人也苦,经济可宽舒些,这里添置日用品及零用上可少受限制了。反正各有利弊,怎样做更面面俱到,务必请你速考虑了写信告诉我。因为事关紧急,若自己带要办手续。日子多了,需要眼光的。考虑时你要实事求是,不要抱既来之则安之的思想来处理,否则就永远下不了决心。

我明日正式报到上班,30日召开迎新校长的会,一日下午开全校庆祝国庆的会,都得准备发言呢!

人多极了,不多写。

关于写信给你四哥事搞了没有?

很想念你,不知你身体等各方面可好?天冷了,被头太薄。

很急地等着你的回信，越快越好，决定问题时你
要讲心里话，不要马马虎虎算了。

　　致好

　　　　　　　　　　　　　　　　　　　袁娟

　　　　　　　　　　　　　　　　9月24日晚11时

　　你不在真不方便，没人商量，事情又不是我一个
的！钢笔漏水严重，真不及"永生"。

1959年××月××日

又萍同志:

　　原定周六中午回沪,因农村三秋忙,公社党委特挽留我们一天,因此要在周日中午十二时左右回家(一时前),方来你去接一下,周日你们到办公地方,现家里留一下条子。

袁娟　匆之

　　方便周日早上打电话给学校张校长说明我们在周日回家,有工作在下午商量一下。

1951年

1952年

1953年

1954年

1955—1957年

1958年

1959年

1960-1964年

1960年××月××日
1960年3月23日
1961年11月19日
1961年12月15日
1962年10月9日
1963年××月××日

1963 年 10 月 24 日
1964 年 10 月 29 日

1960年××月××日

春娟:

你这次生病是我们结婚以来为期最长的一次,我很想能每天来了解你的病况,但是这几周在学校里正是战斗的季节,繁重的学习负担使我不能这样做。

关于流产事已联系了。

一、关于流产条件与手续:子女二人以上,双方同意后共同填表申请即可,这些手续在医院里办理。我们完全合格。

二、广慈①动手术问题,曾与门诊部主任联系,她表示她立刻与妇产科的支部书记联系一下,尽量照

---

① 广慈医院*,现为瑞金医院,于1907年诞生上海,法文名称是"圣玛利亚医院"(Hospital Sainte–Marie),是一所由法国天主教会创办的医院。20世纪初,法国人姚宗李(Paris)任江南传教区主教时,计划在上海的金神父路(今瑞金二路)创办一所有外科的西医医院。

顾解决。广慈是全部的三级医院，这种小手术应在一、二级医院做的（指定公费关系者除外——如二医职工等，一般的阑尾炎手术广慈也不做的）。

三、费用：自费，据说约五元多就够了。

我意：

你应在所在医院先行核实，以免至广慈后闹笑话。

核实后可来广慈，同时我准备明天再去广慈联系一下。

如果确实怀孕了，并没有大不了的事，不要过分着急，开朗一些。

你这几天在情绪上不要过分抑郁，这样对自己健康不利的，身体确是比较难受，但设法将注意力分散，不要老去想着它，另外认真地治疗。

刚才曾去电话给你（9:00），他们说你还未上班。

确定你妊娠后写封信告诉我，如果我不回家的话。

祝愉快！

你的又萍

星期一上午9:10

*广慈医院

*广慈医院近照

230

1960年3月23日

萍：

你要我早点将方来的照片寄来，何奈这几天工作实在太紧张，每天要工作到晚上十时回家，每个周日总得加班，所以只得在今晚去恒丰路。

方来的照片拍得蛮好，家里的人都议论纷纷，外婆说他真像一个四岁的小孩子，四星说，他真像过去邮票上印的小孩，祖母说别的都好就是拍得太板了，外公说方来像一个匈牙利的小男孩，看了真惹人喜爱……的确方来很上相，拍得挺神气，在凝视着看一样东西似的。

这次我们外调任务很重，据估计我非常可能要到外埠去，苏北一带。我有些担心，感到这种工作，不同于教学业务工作。像我这样一个没有生活经验的

人,单独去外埠的确是一个考验与锻炼,我想既然需要去,那就应鼓足勇气依靠当地的组织与群众,我想是可以完成任务的。时间上大致是四月初出发,等以后有了具体日期了再写信给你,一去可能要一个月,那我们碰面的机会会更少。

很担心的,到目前为止M.C.①还没有来,不知会不会出毛病。

方来在吵,就此结束吧!

致晚安!

袁娟

3月23日晚

(寄上方来照片一张)

---

① M.C.是Menstrual Cycle的缩写,指女性的月经。

1961 年 11 月 19 日

萍：

在星期日早上接到了你的来信，我和方来都很高兴。

最近，因气候关系，至今我还在感冒，四肢无力，脸色比以前更黄了，而且右手臂发出一粒粒的东西很痒，据医生讲这是过敏反应，我想不久即会好的。

凯令身体也不好，妈妈已陪她去广慈看了病，但医生不肯配鱼肝油与钙片，不知怎的，小家伙突然脚上长出一块块东西，肿得很厉害，现身上也有，就医后，已有些好转……这样忙坏了妈妈，整日地抱着她，晚上不能好好入睡。

方来很好，星期日也不瞎吵，看了你写给他的信，他很兴奋，而且还告诉了夏老师，现在他唯一的

希望是等你快些回家,可以吃到糖,而且他正提出要一起去看电影呢?(他已能看懂你的信。)

你在崇明劳动一定很艰苦,这一点我这是有体验的,(当然还不如你体会那样深),不过,你身体不大好,还是在各方面多加保重,特别是冷暖,可别太逞强地劳动而累坏了身体。三星至今未来信,我和你一样很着急,周日我又写信去催了,正常的情况下,应该再隔一周可知回音了。

上星期日回家见到了你的信,我很难受,没有在你去崇明时,亲自送别。这种急性其实也是很正常的,当你那日下午离开恒丰路时,我很不自觉地意识到这一点,但后来一想算了吧!反正你会谅解我的……不知怎的,你不在上海,即使不是星期六或星期日,也会常想到你,但愿你能平安回家。

方来吵着要到他祖父家去,我准备下周去一次,上午去,下午要去参观展览会(阿尔巴尼亚图片展览会),晚饭在外面吃一顿算了。

234

　　最近，整风学习很紧张，由于常感疲惫，故晚上无会的话，九时必睡，故一切请你放心。

　　等三星一来信，我会马上写信给你的。

　　二件琐事告诉你一下：①你的裤子已改好了；②我自作主张的在家配好了日光灯。（经我校教师商议，由公务员来装配）共9.97元，是这个月节余的钱，（因你给我30元，故有多余），不知你会不会骂我。

你的娟

1961年11月19日晚

1961年12月15日

〈残〉

味道并不好吃,他们吃得兴致勃勃,我却兴趣不大。

早餐吃粥,每餐有二块点心,中饭是蒸饭,本人自备饭盒饭碗去买生米,自己淘洗好放在蒸笼里,中饭时自己去找。蔬菜的供应比较困难,天雨后就更困难了,晚餐吃粥也有二块点心。

生活制度:早晨5:50起身,7:00—11:00劳动,下午1:00—5:00劳动,晚9:00就寝。昨天我们挖了沟,今天下大雨,休息了一天,劳动时很吃力。

粮食比较紧张,我们规定最多吃到38斤,一天只能吃20两,我现在已经吃到19两了,我自带了三斤粮票,准备贴进去。

咳嗽似乎好了一点,但未痊愈。

睡的屋子很暖和，生活很习惯。

我们的计划在十二月一日动身回沪，一日晚上到家，如刮大风，下大雨的话，可能更改计划。

三星来信了没有？如果来了，速告我。

虹口没有来得及去信，你们如去虹口，望转告母亲，使他们安心。

祝好！

何又華

1961年12月15日

请按信封地址来信！

1962年10月9日

萍：

这个星期可说是非常忙的一周了，五天中，一、二、四、五、六晚上都有会，而且是比较长，总得在九时左右回家，当然对方来就无法照顾了。但一般讲生活上他已开始会管住自己，像星期二我九时左右回家时，他已经睡着了，但头上多了一只洞，原来是与民富打架，民富把他推倒而跌伤的。民富的妈妈打了民富一顿，当然也向我表示道歉。这种小孩间打来打去是难免的，不过，他随便因在外游荡的情况还未发现，一般总是在弄内玩玩，天渐渐冷了，他也只好在邻居家玩上了。但伤脑筋的是他的功课较差，学生手册发来语文、算术、图画都是3分，这是太起码了。而且他由于口齿、听觉不好，上课又不能集中思想，故

认字、识字能力很差，而且他既无心又无兴趣。为了这个问题，常常弄得没趣，甚至哭吵一顿，今晚我好容易在家，检查了他的作业，实在太潦草，要他重写。他生了气，勉强写了，轮到读书他死也不开口，教了再教还是没读成，这真是笑话。一天的课程岂不是白上了？真没法，只得不谈，但他想想不好意思，哭了一顿才睡。你想多糟呀，这一点我是最气的了。

我已设法包到了牛奶，从十二号起送，这个月里是20瓶。虽然每月要增加六元多负担，但从长远讲还是合算的，这样至少可增加些营养。我打算我们三人合吃，方来吃周一、三、五，我二、四，你六、日，但伤脑筋的是要吃冷牛奶，这样恐怕胃吃不消。我想与许家或隔壁陈家商量一下，每月借用煤气，冲二瓶水，热一下牛奶。提到装煤气问题真是讨厌，不知何时可解决。

这星期六晚上我可能有会，估计也较迟，你能早些来的话最好，否则小家伙整个半天及晚上在家实在不放心。

　　说句实话,我现在的处境很困难,工作忙,身体差,包袱重,(包括小家伙),长此以往,恐怕身要垮下来,我真有些担心呢? 但这是实际问题,目前也无法解决,而最大的难题还是方来,读不进书。所以希望你利用周六、周日尽些责任督促指导他的学习。因为他比较听你话,恐怕你指导起来效果大些。别的生活上的照顾对你也无法提出要求了。

　　周六的事你安排一下吧!

　　致好

袁娟

10月9日晚11时

　　附:你能早来最好,陪小家伙去剃头。你去虹口的话附带问一下,有一些绿绒线是否遗忘在那里。

1963年××月××日

方来：

现在爸爸跟你讲话，你要好好记住。

一、天冷了，放学后每天先写好字，写字的时候要一边认字，一边仔细地将这些字记牢。

二、上次你在妈妈回来前，将清水拎好，房间也整理得很好，爸爸很开心，以后要每天帮妈妈把外面一间整理好，水不要拎了。

三、天暗了如妈妈还没回来，可到民富家玩一会，八点钟一定要自己睡觉，可将门关好，电灯不必关，你先睡。

四、星期六，爸爸六点三刻回家，你如乖，爸爸带糖回来给你吃。

爸爸

1963年10月24日

娟:

星期日上午要开运动会,规定人人须得参加,星期日下午一时左右可回家,星期一回校,所以星期六不回家了。我意,星期天家里简单地买些菜自己烧烧。中饭我不回来吃了。

月经结束了没有?身体好吗?甚挂念。

方来听话吗?另,里面房间的钥匙你可放在自己身边,藏在菜橱等的上面不保险,因为方来已经知道了,他可能会说出去的。小蔚还来讨糖吃吗?我看糖瓶可放在房间里。另外家里能买点饼干,每天留四五块给孩子下午当点心吃,鱼肝油买了没有。

星期六你如可能的话,希望能早点回家去。

祝好!

何文草

10月24日

1964年10月29日

萍：

　　来信在廿五号早上拿到了，因最近事情比较多故耽搁了，方来的中耳炎发得较厉害，连续打了四针青霉素以及用了滴耳、滴鼻的药水三瓶才算基本上好了，但听觉大受影响，故上课时思想不集中的话，学习一定受损失。

　　我最近的身体也很不好，经常要头痛，特别是最伤脑筋的是从上周起每晚只能睡几小时，（即一醒就不能再入睡，常常从二、三点钟等到天亮），有时整夜是半睡眠状态，这样，日间就一点精神也没有。但看医生后最多给一些安眠药吃吃，不解决问题。有一次头痛，吃了一片优散痛，一刻钟之内马上嘴脸肿起来，是药物反应。这是一次教训，以后这只"灵药"没

法吃了。

你上次去卫生所的那天上午，马列主义教研组有二位同志来看过你，留了一张条子表示关心，并要我打电话给他们，又提及家中有否困难等事，我打了几次电话都未打通，故时间一长也耽搁了，现把"留条"寄给你，你方便的话答复一下他们，表示感谢。

袁钢本来决定25号下乡搞社教，不知怎的，一切都准备好了组织上又决定要留他下来搞教改，这次他本人倒是决心去的，俞容芬到河南（湖南）去搞社教了，可能生活比你们更艰苦吧，二星很担心她吃不消。

现在工作要求越来越高，目前教育战线上都在研究如何深入贯彻主席及中央有关减轻负担，增进健康的指示，根据工作要求晚上深入学生家庭进行访问了解。这样，方来更无人照顾，我很不放心。他学习被动，别人不抓他是不念的，而且，我晚回家他一定要等。我矛盾得很多，不深入下去工作无法推开，

要深入下去那可麻烦了，孩子包袱放不下，多讨厌。当然，还是应服从工作，但总放不下心。

M.C.已在26号早上准时来了，很正常。

多下的油票要调换好，否则要过期的。

你什么时候休息来信告知，早晚无菜，可能的话买些肉松、酱瓜、豆瓣等，不要吃乳腐，晚上冷把棉衣都盖上，多穿些衣服睡。

要开会了！再见！

致好！

袁娟

10月29日下午

方来实在太笨了，背一课书起码花一小时以上，每日我花在他身上的时间实在太多，影响我身体、情绪和精力，真是讨厌。他这样笨，大概是早产之故吧！

我的嘴巴病又发了，又头痛，真讨厌。

后记

这是一套"编"的书,但"编"却不易,所以要写个后记,为我能"编"此类书而表达谢意。

我要感谢复旦大学的校领导,2011年10月8日,正是校领导的直接支持,我才有机会成立复旦发展研究院当代中国社会生活资料中心,启动搜集中国民间资料。感谢复旦发展研究院的领导与工作人员,他们一直全力支持中心的资料搜集工作。感谢复旦文科科研处在我缺少经费的时候,总是千方百计提供及时的帮助,确保书信的搜集一直没有中断。

我要感谢中国哲学社会科学基金会,他们为我的资料搜集工作立了2012年的国家重大项目(项目名"当代苏浙赣黔农村基层档案的搜集、整理与出版",批准号12&ZD147)。本丛书的出版是该项目的中期成果。

我要感谢上海斯加自动控制有限公司石言强先生与北京退休老干部蔡援朝先生,他们为资料中心打开了书信搜集的渠道。

我要感谢美国加利福尼亚大学洛杉矶分校人类学教授阎云翔先生,感谢他负责组建的国际学术委员会,国际一流学者的参与将有利于书信的研究与解读。

我要感谢资料中心研究员李甜老师，他一手负责了书信搜集的具体工作，感谢我的博士生陆洋、郑莉敏，她们为书信搜集做了很多工作。感谢来自现哈佛大学博士生朱筠，她是最早的书信整理志愿者，这里出版的部分书信就是她输入的。感谢所有来自美国、中国的书信研究的志愿者们，你们的热情总是给我以动力。感谢上海著名的知识产权律师为资料中心提供的律师文件，为家书出版提供了法律支持。

我要感谢天津人民出版社的社长黄沛先生、副总编辑王康女士，感谢本书的责任编辑郑玥、特约编辑王琤，你们辛苦了！

最后我想说，这套书出版了，复旦发展研究院当代中国社会生活资料中心以及所有人这几年的努力都值了，因为这套书表达了我们的一个心愿：我们所做的一切，都只是为了那"永不消逝的爱"！

张乐天

2016年12月10日于沪